一ノ瀬楓《いちのせかえで》
KAEDE ICHINOSE
「偉いじゃん、いつもギリギリで登校してたのに、最近は早いよね」
金属スライムを倒しまくった俺が【黒鋼の王】と呼ばれるまで
UNTIL I CAME TO
[BLACK STEEL KING] FOR SLAYING
OF METAL SLIMES
～家の庭で極小ダンジョンを見つけました～

CONTENTS

UNTIL I CAME TO BE CALLED [BLACK STEEL KING] FOR SLAYING
A BUNCH OF METAL SLIMES

プロローグ
PROLOGUE
004

第一章
庭にできた極小ダンジョン
EPISODE.1
006

第二章
探索者育成機関
EPISODE.2
[illegible]

エピローグ
EPILOGUE
310

あとがき
AFTERWORD
314

人工ダンジョン四階層にて
「うおおおおっ！」

家の庭にて
金属スライム《きんぞくすらいむ》
METAL
SLIME
[BLACK STEEL KING] FOR SLAYING

「また出やがったな。金属スライム!」
「わんわんわん!!」
三鷹悠真《みたかゆうま》
YUMA MITAKA
マメゾウ《まめぞう》
MAMEZOU

UNTIL I CAME TO BE CALLED
LACK STEEL KING
A BUNCH OF METAL SLIMES
剛拳が蜘蛛の顔面に炸裂した。
一撃を叩き込まれた蜘蛛の頭は、後ろの壁にめり込んだ。完全に頭は潰れ、胴体はピクピクと痙攣している。
ややあって魔物の体は崩れ、砂になってしまった。
「弱いな……まあ訓練用の魔物だから、こんなもんか」

金属スライムを倒しまくった俺が【黒鋼の王】と呼ばれるまで

~家の庭で極小ダンジョンを見つけました~

温泉カピバラ

ファンタジア文庫

3296

口絵・本文イラスト　山椒魚

金属スライムを倒しまくった俺が【黒鋼の王】と呼ばれるまで
UNTIL I CAME TO BE CALLED [BLACK STEEL KING] FOR SLAYING A BUNCH OF METAL SLIMES
～家の庭で極小ダンジョンを見つけました～

プロローグ

パラパラと落ちる砂。

薄暗い地下フロアに、異形の者たちが立ち並ぶ。

甲冑《かっちゅう》のような体を持つ二匹の巨大なダンゴムシ。いくつもの頭がある大きなムカデ。

さらには鋭利なカマを持つ、人に似たカマキリまで。

ここにいるのは魔物と呼ばれる、人ならざる存在。

その魔物たちに囲まれていたのは、同じく人には見えない黒い怪物。

漆黒の体は鋼鉄の鎧《よろい》に覆われ、額からは一本の角が伸びる。キバの生えた口からは白い蒸気を吐き出し、肩を上下に揺らしていた。

この世のものとは思えない禍々《まがまが》しい姿。

黒い怪物は四体の魔物を睨《にら》みつける。巨大なダンゴムシは脚を忙《せわ》しなく動かし、今にも飛びかかってきそうだ。

ムカデも体をうねらせながら、ジリジリと近づいてくる。

そして最も危険な雰囲気を醸《かも》し出していたのは、正面にいるカマキリ。

鋭いカマをゆっくりとかかげ、尋常ならざる殺気を放つ。口からギチギチと気持ちの悪い音を出し、まるで獲物を狩るハンターのように腰を落とす。

こんなヤツらが一斉に襲いかかってくれば、どうなるか分からない。

辺りにあった照明は全て割れ、暗がりに灯《とも》っている赤い非常用ランプだけがチカチカと点滅していた。

四対一の不利な状況でも、やるしかない。

覚悟を決めてファイティングポーズを取った『黒い怪物』こと『三鷹悠真《みたかゆうま》』は、周囲を見回し苦々しく呟《つぶや》く。

「くそっ……なんでこんなことに……」

およそ日常ではありえない光景。悠真は、ことここに至った原因を思い返す。

不思議な穴を見つけた、あの日のことを。

第一章　庭にできた極小ダンジョン

『晴海埠頭《はるみふとう》の近くに出現した陥没箇所について、政府は調査団を派遣したとのことです。恐らく小規模のダンジョンではないかと言われていますが……』

『ええ、そうですね。日本には五つのダンジョンがありますが、これがダンジョンと認定されれば二年ぶり、六例目ということになります』

『これは喜ばしいと考えていいのでしょうか？』

『まあ、以前は怖いイメージもありましたが、今は大事な資源採取の場というのが一般的な認識でしょう』

『これからも増えていく可能性はありますか？』

『充分ありえますね。民間の〝探索者《シーカー》〟も日々増え続けていますから、今後は階層の攻略も進んでいくでしょう。我々もそのことに慣れていかないと』

『そうですね、ありがとうございます。ダンジョンの専門家、橋田《はしだ》先生にお話を伺いました。それでは次はお天気です。まなちゃ――――ん！』

つけっぱなしのテレビから流れる取り留めもない情報。

以前であれば多くの人が興味を示したダンジョンに関するニュースだが、今となっては珍しくもない。

夏休みの昼下がり、クーラーの効いた自宅のリビングで、三鷹悠真はだらけていた。

スマホを片手にソファーに寝転がり、なんの気なしにテレビを見ている。

特にすることもなく、ただダラダラとしているだけだ。時間を持て余していた悠真は、スマホで動画サイトを検索する。

トップ画面に出てきたのは、ダンジョンに関する動画だ。

『いえ～い！　見てくれ、ここは札幌《さっぽろ》にある〝白のダンジョン〟。今は十八階層を攻略中。妖精みたいな魔物が大量にいるんだぜ！』

ドレッドヘアの若い男が、崖の上に立ち自撮りをしている。洞窟の中だというのに辺りは昼間のように明るい。

ダンジョンには最初から光源があり、外と変わらない光景が広がる。自撮りしていたカメラの向きを変えると、上方を飛ぶ何かの群れを映し出した。

一瞬鳥かと思ったが、どうやら違うようだ。向かってくるのは体が半透明なクリオネに似た生物。男のすぐ横を通り抜け、また上へと舞い上がる。弧を描きながら再び下降してきた。

『うひょ～、見た目はかわいいのに好戦的だな！　でも俺はビビらねえ、まあ見ててくれよ』

男は五本の指をクリオネに向ける。

パチパチと指先に光が走り、細い稲妻が迸《ほとばし》る。稲妻に触れたクリオネは感電し、次々と地面に落ちていった。

『はは、どうだよ俺の〝雷魔法〟。なかなかイカすだろ？　この程度の魔物ならイチコロさ！』

男はさらに〝魔法〟を放ち、クリオネを何匹も倒してゆく。そして――

『あー！　見てくれよ、みんな！　魔物が魔宝石をドロップしやがった。〝純白のムーンストーン〟、百四十万くらいで取引されるヤツだ。やったね、今日は運がいい！』

男が大喜びして終わる動画。その再生回数は120万回を超えていた。

「ふん、くだらない！」

悠真は胸糞悪《むなくそわる》くなって動画を閉じた。

スマホを放っぽり投げ、仰向けで天井を見上げる。

ダンジョンが出現して七年。当初は人々に不安と恐怖を与えていた地下迷宮だが、今では一大産業として社会に受け入れられていた。

特に興味のない悠真でも、噂《うわさ》ぐらいは聞こえてくる。

ダンジョンにいる未知の生物、その生物が生み出す『魔宝石』、『魔宝石』によって使える魔法。

動画の男のように、ダンジョンで大金を稼ぐ人間も現れてきたのだが……。

「うぅ〜わんわんっ！　わんわんわん‼」

庭から飼っている犬の鳴き声が聞こえてくる。

「なんだ？」

悠真は気だるそうにソファーから起き上がり、裏庭の方を見やる。いつもは大人しい豆《まめ》柴《しば》のマメゾウが、なにかに向かってしつこく吠《ほ》えていた。

どうしたんだろう？と怪訝《けげん》に思いながら、悠真は縁側でサンダルを履き、庭へ下りる。

ボロい家ではあるが敷地《しきち》面積は百五十坪もあり、庭は存外広い。

裏庭で放し飼いにされているマメゾウが、低木が植えられている場所を「う〜」と唸《うな》りながら睨みつけていた。

「なんだ、どうしたんだよ？」

悠真は低木の生えている場所まで、やれやれと思いながら歩いて行く。

炎天下の中、降り注ぐ日差しを睨みつけ、悠真は辟易《へきえき》した思いでいた。ダンジョンなんて非現実的なものが現れても、それを利用して儲《もう》けるのは一部の人間だけ。

大企業が出資して育てた人間。

政府が認めた身体能力の高い人間。

元々人気者で、スポンサーがつく人間など。

そんな奴《やつ》らだけが利益を上げる。世の中は不公平なままで、なに一つ変わらない。完全な一般人である自分には、チャンスなんて巡ってこないと。

どうにもならない現実に悪態をつきながら、悠真は無気力に日々を送っていた。

庭の低木の後ろにできた、その穴を見つけるまでは。

「なんだコレ？　陥没したのかな……」

悠真は吠えているマメゾウを手で制し、ポッカリと空いた穴をしゃがんで覗《のぞ》き込む。丸い縦穴で、深さは一メートルぐらい。奥まった所に横穴もあるようだ。

思ったより深いなと思っていると、穴の中で何かが蠢《うごめ》く。

「ん？　なんだ、なにかいるのか？」

さらに覗き込むが、暗くてよく見えない。「仕方ない」と言って悠真は家に戻り、タンスの一番上の引き出しから懐中電灯を取り出して庭に戻る。

懐中電灯のスイッチを入れ、穴の中の様子を確認した。

穴の中にある横穴は畳一畳分もない広さで、どこにも通じていない。大人一人が屈《かが》んでやっと入れるくらいの空間だ。

そして、そいつは穴の奥にいた。

ハンドボールより少し小さいぐらいだろうか、メタルグレーの体をした生き物で、プルプルと震えながら動いている。

「なんだ……こいつ？」

不可思議な生き物だが、どこかで見た記憶があった。悠真は慌てて家に戻り、スマホを取って引き返し、目の前のスライムについて検索する。

出てきたのは、ダンジョンの魔物を掲載しているサイトだ。

「あった！　これだ」

悠真が見つけたのは『スライム』の項目。ゲームによく出てくる魔物だが、サイトに載っているスライムは、より不気味な感じがする。

大きさも直径が十六センチとあり、穴の中にいるものと同じくらいだ。

だが違う部分もある。本来スライムの体は半透明で『青』『水色』『赤』『緑』などの色をしている。

だが、穴の中にいるのは半透明ではなく、メタルグレーという変わった色。

「スライムじゃないのかな？」

悠真はさらにネットを検索してみた。すると一件の記事に目が留まる。

それは、アメリカのダンジョンで目撃された『メタルグレーのスライム』について書かれた記事。

内容を読むと、アメリカの中西部にある中規模ダンジョン『Ｈ２１１』で、変わったスライムが発見されたというもの。そのスライムはメタリックな色で、やたら素早く、あっと言う間にいなくなったと書かれている。

目撃した探索チームのリーダーを務めていたエリックは絶対に新種のスライムだと証言したが、証拠映像が不鮮明で詳しいことは分かっていない。

悠真は他にも情報がないか検索を続けると、イタリアでも目撃例があった。

イタリアの探索者《シーカー》ロッシーニは、大規模ダンジョン探索中に金属でできたスライムに出会ったと話している。

ロッシーニは持っていた剣で斬りつけたが、やたら硬く、まったく傷が入らなかったと言う。しかし、こちらも証拠映像や画像がなく、ホラ話だと言う人も多い。

「目撃例は少ないけど、やっぱりスライムみたいだ」

悠真《ゆうま》は顔をしかめる。あれがスライムなら、庭にできた穴はダンジョンということになる。

こんな民家にダンジョンができることなんてあるのか？　そう思ってスマホでさらに検索してみる。分からないことはネットで検索するのが一番だ。

出てきたニュースの記事や書き込みを見ると、民家や民間企業の敷地にできたケースもあるようだ。

「まあ、ダンジョンみたいな超常現象に、誰の土地かなんて関係ないよな」

ダンジョンが民間の敷地内にできた場合、最寄りの警察や自治体に連絡するのが普通らしい。

その後は都道府県の職員が調査に来て、ダンジョン自体は国に接収されるそうだ。

土地を引き渡す際の手続きや、補償に関する記述はない。

「なんか、めんどくさそうだな……」

家の庭に他人がずかずかと入ってきて、立入禁止になるなんて最悪だ。マメゾウも遊ぶ場所がなくなるし。

悠真はもう一度スマホの記事に目を落とす。

目撃された『金属スライム』は討伐された訳じゃない。もし穴の中にいるのが、その金属スライムなら……倒せば世界初の討伐になるんじゃないのか？

悠真の頭に、そんな考えがふと過《よぎ》る。

元々ダンジョンになど興味はなかった。

一部の民間人がダンジョンの探索者（通称：シーカー）になって大金を稼いでいることは知っていたが、ダンジョンの中が危険なことは間違いなく、そこにわざわざ入ろうとするのは酔狂な人間だけ。

まだまだ偏見の多い職業だ。悠真もそう思っていたし、それは今も変わらない。

だが目の前には小さなダンジョンがあり、中に珍しい魔物がいる。倒せば魔宝石がドロップするかもしれない。

珍しい魔物なら、珍しい魔宝石が出てくることだってあるだろう。

魔宝石の中には数億円で取引される物もあると聞く。これは自分に巡ってきたチャンスなんじゃないのか？

自分は頭も良くないし、特別才能がある訳でもない。

今は高二で来年は受験生だが、必死で勉強したところで入れるのはFランクの大学だけ、就職しても人生たかがしれている。

ここで大金を稼げれば、一生遊んで暮らせるかも……。

そんな俗念が頭を過る。

悠真は急いで家に戻り、タンスを漁《あさ》って何か武器になるものがないか探す。ネットによればスライムは弱く、戦っても怪我《けが》をする心配はなさそうだ。

危険がないなら躊躇《ちゅうちょ》する理由はない。

タンスの奥から、ホームセンターで買った金槌《かなづち》が出てくる。確か千二百八十円で買ったよな、と思いながら縁側でサンダルを履き、三度《みたび》庭の穴に舞い戻る。

懐中電灯で中を照らしながら、慎重に穴の中へ入ってゆく。

その様子を、小さなマメゾウは不思議そうな顔で眺めていた。

「うわ、ほんとに狭いな」

穴の中は、大人一人がなんとか入れる程度の広さだ。金槌を振り上げるスペースもなく、身動きを取るのも難しい。

だが、それは相手も同じ。スライムにも逃げ場はないはずだ。

異物が穴に入ってきたことにより、スライムは穴の端に寄って警戒する。悠真は体を丸め、亀のような体勢でスライムと睨《にら》み合う。

右手に持った金槌を小さく振り上げ、スライムの頭に落とした。

キンッ！　金槌が弾《はじ》かれる。

「か、硬い！」

予想以上の感触。金属っぽい見た目だったが、本当に金属なのかは半信半疑だった。

しかし、この感触は間違いなく金属。それもかなりの強度を持つ鋼鉄だ。

こんなの倒せるのか？　と思っていると、目の前にいたスライムが猛スピードで動き回る。狭い空間なので逃げ場はないが、金槌を振り下ろしても当たらない。

「くそ！　ちょこまかと」

悠真も狭すぎてうまく動けない。四苦八苦していると、スライムは悠真に向かって飛びかかる。「うわっ！」と驚くと、スライムは膝に体当たりしてきた。

「痛っ‼」

激痛が走る。まるで鉄球で殴られたような痛み。

「こ、この……！」

もう一度金槌を振り下ろすが、スライムは軽やかに避《よ》け、悠真の腕に向かって飛びかかってきた。右腕にぶつかると、あまりの痛みで金槌を落とす。

スライムは安全⁉　怪我をすることはない？　冗談だろ！

悠真は必死の思いで穴から這《は》い出し、右腕を押さえて地面に寝転がる。ハァハァと息を乱し、空を見上げていると、飼い犬のマメゾウが心配そうに近づいてきた。

マメゾウは普通の豆柴《まめしば》とは違い焦げ茶色の毛並みで、黒豆柴と呼ばれる種類。おでこにある麻呂眉《まろまゆ》がくっきり出ていて愛らしい。

そんなマメゾウが悠真の頬をぺろぺろと舐《な》め、くぅ～んと鳴き声を上げる。

「ハァ、ハァ……ダメだマメゾウ……ここには凶悪な魔物がいる……危険だから近づくな」

悠真はヨロヨロと立ち上がり、家へと戻る。冷凍庫に入っている氷嚢《ひょうのう》を取り出し、痣《あざ》になっている腕と膝に当てた。

「いたたた……なんだよ、酷《ひど》い目にあったな」

ソファーに座って息を吐き、氷嚢を膝に置いてスマホを持つ。

改めてダンジョンの魔物について検索した。スライムについて出てくる情報は、どれも似たり寄ったり。

スライムはとても弱い魔物で、子供でも倒すことができる。動きは遅く、人間より素早く動くことはできないなど、危険性を否定するものばかりだ。

「嘘《うそ》ばっかりじゃねーか！　金属スライムとは全然違う」

ダンジョンの浅い層にいる弱い魔物であれば、物理的な攻撃で倒すことはできるらしい。

だが、深い層にいる強力な魔物には物理攻撃が効かず、倒すことが困難になるとネットの記事に書かれていた。

金属スライムも打撃で倒せそうにない。

「あれも強力な魔物なのか？　めちゃくちゃ浅い場所にいるのに⁉」

記事によれば強力な魔物でも、魔法のような間接攻撃なら効くようだ。

魔法はダンジョンの中でしか扱えない特殊な力で、火や水、雷などの魔法がよく使われていると書いてある。

「間接攻撃……金属……だとしたら――」

悠真は庭の低木に目をやる。

「燃やせば倒せるんじゃ……」

確か冬に使っていた灯油が残っているはずだ。穴の中に撒《ま》いて火をつければ……。いや、庭の木に燃え広がって火事になったら大変だ。

それにダンジョンでそんなことして大丈夫なのか？　心配すればキリがない。

だったら――

悠真は台所へ行き、戸棚を物色する。

「確か家族でバーベキューをした時に使ったやつが……あった！」

見つけたのはトーチガスバーナー。家庭用のカセットボンベにトーチを装着し、スプレーのように炎を噴射できるものだ。

もう一度庭に下り、低木まで歩いてゆく。金属スライムは大人しく穴の中で佇《たたず》んでいた。スマホの情報によれば、魔物はダンジョンの外には出ないらしい。

とはいえ近づくのは危険だ。片足だけを穴の中に突っ込み、腕を伸ばしてガスバーナーのノズルを向ける。相手が金属である以上、熱には耐えられないだろう。

点火レバーを引いて炎を噴射する。バーナーの火が金属スライムの体表に届く。

スライムは異変に気づき、すぐに跳《と》び退《の》いて穴の中を動き回った。

「あ！　くそ、動くんじゃねーよ！」

悠真もなんとか火を当てようとガスバーナーを動かすが、炎を避けピョンピョンと跳ね回る金属スライムが、悠真の足首に体当たりしてきた。

「痛っ‼」

激痛が走る。悠真は穴から這い出て悶絶《もんぜつ》した。足首を押さえ、ゴロゴロと地面を転がる。

「あ――――！　もう嫌だ！　こんな奴《やつ》、倒せない‼」

この穴は板かなにかで塞いで、見なかったことにしよう。悠真はそう思い、足を引きずりながら家に入る。

とんでもない目にあった。あんなもの見つけなければ痛い思いをすることもなかったのに。悠真は心の中で愚痴りながら、ソファーに寝転がり不貞腐《ふてくさ》れる。

どうしてこんな目に……。そう思いつつも、穴のことが気になってしょうがない。

やり方が悪かったのか……？　もっと他に、例えば穴に水を入れてスライムを窒息させるとか。

悠真は頭を振る。そもそも息をしているかどうかも分からないのに。それに小さいとはいえ、あんな穴を水没させるのはかなり大変そうだ。

じゃあ、どうすれば……。悠真は必死に考える。ダンジョンになど潜ったこともない。

それ故、なにをすればいいのか分からない。

「あいつの動きを止めることができれば……」

その時、悠真の頭の中で何かが閃《ひらめ》く。止める？　動きを止める？

『動きを止めてから、やっつければいい』そのフレーズに聞き覚えがあった。確かテレビＣＭでやっていた、殺虫スプレーのキャッチコピーだ。

動き回るゴキ〇リを、マイナス85℃の冷却スプレーを使って瞬間的に動けなくする。

動きさえ止めてしまえば、その後の駆除は簡単だ。

この方法は金属スライムにも効くんじゃないか？　金属なのに伸縮して動き回れるって

ことは、液体金属に近いのかもしれない。

だとすれば冷気には弱いはず。

悠真《ゆうま》は立ち上がり、二階にある自分の部屋に行き押入れを開けた。雑多な物を放り込んだダンボール箱を取り出し、中をまさぐる。

「あった！　これだ、これ」

手に取ったのは冷却スプレー。昔サッカー部に入った時、親に買ってもらった物だ。部活は三日で辞めてしまったため、実際に使うことはなかったが、まさかこんな所で出番がくるとは。

意気揚々と一階に下り、テーブルの上に置いてあるガスバーナーも手に取る。

二つのスプレー缶を持った悠真は、もう一度庭へ向かった。

冷却スプレーで動きを止めても、それだけでは金属スライムを倒せない。だがその後にガスバーナーで熱したらどうなるだろう？

なにかで聞いた記憶がある。金属は急激に冷やされた後、一転して熱を加えると脆《もろ》くなってしまうと。

熱膨張がどうたらこうたらとテレビで言っていたが、まあ詳しいことはいい。

悠真は穴の前に立ち、大きく息を吸う。

「これでダメなら諦める。最後のチャレンジだ！」

穴の中を覗《のぞ》き込むと、金属スライムは穴の隅で大人しくしていた。

穴に入らずにスプレーをかけるには少し遠い。結局、中に入って手を伸ばすしかない。

悠真は恐る恐る穴に入り、スライムを刺激しないようにゆっくり手を伸ばす。

もし、これでスライムが襲いかかって来るようならすぐに逃げよう。悠真はそう考え、意識を集中させる。

スライムとスプレー缶との距離は、およそ三十センチ。

プッシュボタンを押すと、シューと音を立てスライムの全身に冷気がかかる。

スライムは最初何をされているのか分からなかったのか、戸惑うようにプルプルと体を動かしていた。だが、攻撃されていると気づき慌てて逃げ出す。

「うわっ！」

悠真はビクッと体を強張《こわば》らせるが、よく見るとスライムの動きがぎこちない。明らかにスプレーが効いているようだ。

「よし！　今のうちに……」

悠真はスプレー缶をさらにスライムに近づけ、冷気を噴射する。

スライムの全身が、うっすらと白くなってゆく。まるで霜が降りたようだ。

完全に動かなくなったのを確認して、悠真は穴の奥まで亀のように屈《かが》んで入っていく。コチコチになったスライムを指でつつくが、動く様子はない。

「これならいけるぞ！　次はこいつで……」

冷却スプレーを地面に置き、左手に持っていたガスバーナーを右手に持ち替える。点火レバーを引くと、青白い炎が勢いよく噴き出し金属スライムを炎に包む。

「うわっ！」

火は地面に広がり、激しく燃え上がった。「なんだ？」と思ったが、どうやら冷却スプレーのガスが穴に溜《た》まり、引火したようだ。

缶の注意書きを読むと、可燃性のガスが使ってあると書かれていた。

「これのせいか……気をつけないと危ないな」

とは言え、激しく燃えてくれること自体は好都合だ。ガスも穴の奥に留《とど》まっているようで、火はこちらまで来ない。

悠真は火から距離を取り、様子を見ることにした。

しばらくするとスライムの表面が赤く発光し、凍っていた体が動きだす。

だが――　ピキッと金属スライムの外殻にヒビが入った。動けるようになっても、元の素早い動きではない。明らかにダメージを受けている。

「効いてる！　効いてるぞ‼」

もう一度、冷却スプレーを吹き付ける。金属スライムは熱されていたため、簡単には凍らなかったが、根気強く噴射し続けた。

スライムはまた動かなくなり始め、全身が薄い霜で覆われる。

「今度こそ――」

悠真は冷却スプレーからガスバーナーに持ち替え、火口を近づけて点火レバーを引く。

噴き出す炎に焼かれ、金属スライムはじわじわと赤い光を帯びる。

パキッ、パキッと表面が割れていく音がした。

体が脆くなっているんじゃないか？　ここで打撃を与えれば、きっと倒せる！

そう確信したが、冷却スプレーとガスバーナーしかない。石でもないかと思い、手探りで辺りを探していると、手に硬い物が当たった。

――あ、これは⁉

さっき落とした金槌《かなづち》だ。悠真は金槌を手に取り、のろのろと逃げようとする金属スライムに向かって構える。

狭い穴の中、小さく振り下ろした金槌がスライムの体に直撃した。

バキンッ！　という衝撃音が響き渡り、あれほど硬かった金属スライムの体が粉々に砕

け散った。

「やった！」

バラバラになったスライムの体は、黒く細かい砂となり、サラサラと舞って消えていく。

ダンジョンの中にいるモンスターの消え方はテレビで見たことがあった。

なるほど、こうやって消えるのかと納得する。

悠真は『魔宝石』が落ちてないか懐中電灯で穴を照らし入念に探した。だが、どこにもそれらしい物はない。どうやらドロップはしなかったようだ。

「まあ、そりゃそうだよな。魔物のドロップ確率なんて、すげー低いって聞いたことあるし」

悠真は早々に諦めて穴から這《は》い出す。不思議そうな顔で見つめてくるマメゾウに、「変な奴はやっつけたぞ。もう大丈夫だ！」と笑って声をかけた。

なんにせよ魔物はいなくなった。これで終わったんだ。

悠真は家から大き目のダンボールを持ってきて穴を塞ぐ。近くにあった石をダンボールの上に置いて重しにした。

取りあえずこれでいいだろう。今日はもう疲れたので何もやる気が起きない。

「今度時間ができたら穴を埋めるから、それまでコレで我慢してくれよ、マメゾウ」

「わんっ！」

悠真は使った金槌や冷却スプレー、ガスバーナーを片付けるため、家の中へと戻ってゆく。

この時はこれで終わったと思っていた。これで全てが終わったと。

◇◇◇

翌朝。庭から聞こえてくるマメゾウの鳴き声で目が覚める。

「なんだ……？」

ベッドからもぞもぞと起き上がり、悠真はカーテンを開けた。部屋に差し込む光が、寝起きの双眸《そうぼう》に突き刺さる。

「ん、だよ！　うるさいな」

二階にある悠真の部屋からは、マメゾウがいる裏庭が見える。窓を開けて見下ろすと、やはりマメゾウが何かに吠《ほ》えているようだ。

悠真は仕方なく階段で一階に下り、裏庭に通じる居間に向かう。

「ちょっと悠真、マメゾウがうるさいのよ。どうかしたのかしら？」

台所で朝食を作っていた母親が、訝《いぶか》しげに聞いてきた。

「俺、見てくるよ」

縁側に出てサンダルを履き、昨日ダンボールで閉じた穴の前まで行く。マメゾウは予想通り穴に向かって吠えていた。

「やっぱり、こいつか……」

重しにしていた石をどけ、ダンボールをめくる。穴の中を見つめると、なにかが動いているようだ。悠真は一旦家に戻り、懐中電灯を持って再び穴の前まで行く。

暗闇を照らせば、昨日散々見たアイツがそこにいた。

「また出やがったな。金属スライム！」

確かにダンジョンのモンスターはいつのまにか復活すると聞いたことはあったが、一匹しかいないこんな小さなダンジョンでも同じなのか……。ずっとモンスターが庭にいるのは嫌だけど、倒しても次の日復活するなら意味ないよな。

悠真はめんどくせえ、と思ったが、同時にあることに気づく。

「待てよ！　一日一回倒してたら、いつか『魔宝石』がドロップするんじゃないか？　この珍しい魔物の『魔宝石』なら一億はするかもしれない」

確か魔物のドロップ率は１％ぐらいだと聞いたことがある。だとしたら毎日倒していけば百日で一個の『魔宝石』が手に入るぞ。

悠真は少し興奮気味で家に戻る。

「どうだった？　マメゾウは？」母親が心配そうに聞くが、悠真は「ああ、大丈夫だったよ。心配しないで」と言って自分の部屋に戻る。

昨日使ったガスバーナーと冷却スプレーを押入れから引っ張り出し、意気揚々と庭に向かう。

わんわんと鳴くマメゾウを横目に、穴の中に手を突っ込んだ。

冷却スプレーを噴射すると、金属スライムはうねうねと体を動かした後、飛び跳ねて逃げようとするが、徐々に動きが鈍くなる。

全身が白く染まり、凍り付いて動きを止めた。「よしよし」と悠真は頷《うなず》き、今度はガスバーナーのノズルをスライムに向け、トリガーを引く。

青い炎が噴き出し、金属スライムの体を炙《あぶ》っていく。体は真っ赤に染まり、解凍されたスライムは再び動き出す。

悠真が冷却と加熱をもう一度繰り返すと、金属スライムの体の表面にヒビが入った。

「あ！　金槌、忘れてきたな……」

辺りをキョロキョロと見回すと、少し大きめの石があった。

その石を手に取って金属スライムに叩《たた》きつける。瞬間――　スライムの体は粉々に砕け散った。

「やった！」

金属の破片は黒い砂となり、最後には消えていく。

昨日と同じだな、と思いながら、懐中電灯を使って辺りを照らす。

「う～ん、やっぱりないか……」

欲しかった『魔宝石』はどこにもない。そう簡単にはいかないか、と肩を落として悠真《ゆうま》は穴から這い出した。

「マメゾウ、取りあえず魔物はやっつけたぞ。また明日も出てくるかもしれないけどな」

「くぅ～ん」と鳴くマメゾウの頭を撫《な》で、悠真は家へと戻る。

――俺にも運が向いてきたんじゃないのか？　一日一回、金属スライムを倒せば大金が転がり込んでくるかもしれない。

ニタニタとほくそ笑む悠真を見て、母親は困惑の表情を浮かべた。

◇◇◇

次の日からも、悠真の地道な戦いは続いた。朝早くにマメゾウの鳴き声に起こされ、寝《ね》惚《ぼ》け眼《まなこ》をこすりながら庭に出る。

用意した金槌、ガスバーナー、冷却スプレーの三点セットを脇に抱え、犬が吠える穴を覗《のぞ》き込む。期待通りメタリックなスライムはうねうねと動いていた。

「よーし、いつもの手順で……」

まず冷却スプレーを噴射してスライムの動きを止め、ガスバーナーで炙る。二、三回繰り返すと、金属スライムの表面に細かいヒビが入った。

「あとはこいつで――」

悠真が持っていた金槌を振り下ろすと、パリンッと甲高い音が鳴る。

脆《もろ》くなっていた金属スライムの体は粉々に砕け、砂となって消えていく。

作業自体は単純だが、ガスバーナーのボンベを使い切ってしまったので新しく買わないといけない。

悠真は財布を見ながら、ハアーッと溜息《ためいき》をつく。

「こんなの毎回買ってたら、俺の小遣いなくなっちゃうよ」

切れる度に購入するのは、高校生のお財布事情にはなかなかに厳しいものだ。

そんな生活を何日も続けていると、小遣いどころか貯金まで減り始めた。そろそろやめたいと本気で思い始めた46日目。

夏の暑さがゆるんで、朝方、外に出るには肌寒い季節を迎えたのだが――

「だ――――！　出ない‼　魔宝石が全然出ないぞ‼」

悠真は穴から上半身だけを投げ出し、地面に突っ伏す。飼い犬のマメゾウが心配そうに「くぅ～ん」と鼻を鳴らした。

「ダメだ、マメゾウ……もう二ヶ月近くやってるのに、成果がまったく出ない。もうさすがに飽きたよ」

泣き言を言う悠真の顔を、マメゾウはペロペロとなめてくる。

「う～ん、そうだよな。一億のためだ。毎日ムダに早起きをするのも、小遣いが訳の分からない出費で消えていくのも、全部一億のため……我慢しないと」

悠真は体についた土をパンパンと払い、穴から這い出した。寄ってくるマメゾウの頭を撫でると、マメゾウはハッハッと息を吐きながら尻尾を振ってくる。

「お前はスライムがいなくなるとご機嫌だよな」

現金なマメゾウに苦笑いしつつ、悠真は家へと戻っていった。

◇◇◇

高校へ通う道すがら、悠真はあと何回ぐらいスライムを倒せばいいんだろうかと、そんなことばかり考えて歩いていた。

「よっ！　おはよ」

「わっ！」

唐突に声をかけられて、体がビクッと反応する。

振り向くと、そこにいたのは幼馴染《おさななじみ》の一ノ瀬《いちのせ》楓《かえで》だ。クラスこそ違うが、家が近所であることもあり登下校時にはよく顔を合わせていた。

「偉いじゃん、いつもギリギリで登校してたのに、最近は早いよね」

「べ、別に、ちょっと早く起きるようになっただけだよ」

「ふ〜ん、心境の変化かね？」

楓が顔を近づけ、おどけてくる。ショートボブの髪がふわりと揺れ、かすかに香るシャンプーの香り。

子供の頃は男みたいな格好をしていたのに、今ではすっかり女らしくなった。

はつらつとした笑顔を向けられると、どうしてもドキリと胸が高鳴る。

「来年、高三だから自覚が芽生えたんじゃない？」

「そんなんじゃねーよ！」

無邪気に笑う楓から、思わず顔をそむける。

「そうだ悠真、最近ルイがなにしてるか知ってる？」

「ルイ？　ルイがどうしたんだよ」

天沢《あまさわ》ルイは楓と同じ、仲のいい幼馴染だ。昔は三人でよく遊んでいたが、高校に入ってクラスが変わると、めっきり会う機会が減ってしまった。

「今はダンジョンに夢中で、その勉強ばっかりしてるんだよ」

「ダンジョン⁉」

唐突に出てきた言葉に、悠真は目を丸くする。

「将来、ダンジョン関連の企業に就職したいんだって。休みの日とか、地方のダンジョンに行ってるらしいよ」

「へ、へぇ～、ダンジョン関連の企業なんて儲《もう》かるのか？　不安定そうだけど……」

「悠真、知らないの？　ダンジョン系の企業って今、勢いがあるんだよ。医療系の会社がいっぱい入ってきてるんだって」

楓曰《いわ》く、ダンジョンにはいくつかの種類があり、その中でも最も重視されているのが『白のダンジョン』だと言う。

産出される魔宝石は無色透明なもので、体に取り込めば〝怪我《けが》や病気〟を治癒できるという。凄《すご》い使い手になると、現代医学では治せない傷や病を完治させてしまうとか。

そのため莫大《ばくだい》な金銭が動き、海外のダンジョン系企業では時価総額数兆円のものもザラにあるという。

「全然知らなかったな。そんなことになってたのか……」

「凄いよね、ルイ。もう自分の将来をハッキリ決めてるなんて」

感心するように呟《つぶや》く楓を横目に、悠真は複雑な気持ちになる。

——俺と同じように、ルイもダンジョンに関わってんのか。それも現実的に将来のことまで考えて……。毎日毎日、金属の塊を叩いてる俺とは大違いだな。

「悠真は将来のこととか考えてるの？」

「え？」

楓に唐突に聞かれて「ま、まあ、それなりに考えてるよ」と答えるのが精一杯だった。

◇◇◇

それから時間が流れ、季節は冬まっただ中の二月某日——

朝方にブルブルと震えながら金属スライムを倒し、学校へと向かう。この時期は男にとって嫌な時期だ。いや、言い直そう。一部の男にとって嫌な時期だ。

悠真はいつものように登校し、いつものように校舎に入り、いつものように下駄《げた》箱から上履きを取り出す。

いつもと違うのはたった一つ。晴れやかな表情の男子と、なんとも言えない表情の男子がいること。かく言う悠真は後者の方だ。

二月十四日バレンタイン。休日ならいいな、と思うが、残念ながら今日は平日。

まあ一日の辛抱かと思いつつ廊下を歩いていると、幼馴染のルイが友達としゃべりながらこちらに向かって歩いてくる。

サラサラとした栗《くり》色の髪。整った顔立ちでスタイルも良く、爽やかな屈託のない笑顔は、女子はもちろん男子からも人気がある。分かりやすいイケメンタイプだ。

見れば両手に紙袋を持っていた。何度も見た光景。

「おう、おはよ」

「ああ、おはよう。悠真」

ルイが「先に行ってて」と促すと、男友達はコクリと頷き、教室へ入っていった。

「相変わらずスゲーな、そのチョコ。もらった後どーすんだ？　食ってんのか？」

悠真がぶっきらぼうに聞くと、ルイは笑顔で答える。

「うん、自分でも食べるし、家族に協力してもらったこともあるよ。捨てる訳にはいかないからね」

「へ～」

「悠真にもあげようか？」

「いらん！」

秒速の返答。「甘いものはそんなに好きじゃないし」と言ってみるが、嘘《うそ》だ。昔から甘いものは大好きだ。

だけどルイがもらったチョコを食べても、苦さしか感じないだろう。

「そういえば悠真、楓からチョコはもらった？」

「え!?　もらってないけど。なんで楓が出てくんだ？」

悠真は怪訝《けげん》な顔をする。

「いや、よく考えたらここ数年、楓からチョコもらってなくてさ。昔は、僕ら二人にくれてただろ？　だから楓に聞いてみたんだ。そしたら――」

「そしたら？」

「『ルイは一杯もらってるからいらないでしょ』て言われちゃって」

「めちゃくちゃ正論じゃねーか！　意外にいいこと言うな、アイツ」

「でも悠真は毎年もらってるみたいだから、気になってさ」

「え？　それは……」

確かに楓からは毎年もらってるけど、ルイがもらっていないとは知らなかった。

予鈴が鳴る。廊下にいた生徒たちが慌ただしく動き出した。

「じゃあ悠真《ゆうま》、行くよ」

「ああ」

紙袋を持ったルイが教室に入っていく。

悠真は別のクラスのため、自分の教室へと向かう。歩きながら、ルイの話がグルグルと頭の中を巡っていた。

——そうか……楓の奴《やつ》、ルイには渡してなかったのか。

放課後。授業が終わり、帰り支度をして教室を出た悠真は、そわそわと辺りを見回していた。

楓がチョコをくれるとすれば、学校が終わった下校時だ。

いつもは「また義理チョコか」とテンションが下がっていたが、今回はちょっと違う。

——ルイにチョコを渡さず、俺だけにくれてるのならひょっとして。

そんな期待をしながら、校舎を出て校門へと向かう。今のところ楓の姿は見えない。

キョロキョロと不審者の如《ごと》く目を走らせていると、突然、ケツに衝撃が走る。

「痛っ‼」

ケツを押さえながら振り返ると、ケラケラと笑う楓がいた。学生カバンでケツを殴ってきたようだ。

「なにすんだ！　痛いだろうが！」

「せっかくチョコをあげようと思ったのに、さっさと帰ろうとするからだよ」

帰ろうとしてない。それどころか楓と遭遇したくて、この辺りをうろついてたぐらいだ。

楓は唸《うな》る悠真を横目に、カバンから小さな袋を取り出す。

「はい、チョコ。悠真、どうせ今年もチョコなんてもらってないでしょ？」

「か、勝手に決めんなよ！　俺だって一つや二つぐらい……」

「じゃあ見せて」

悠真は口をつぐんだ。ぐぅの音も出ないというやつだ。

「ほら悠真、ありがたく受け取って」

楓に渡されたチョコに目を落とす。チャコールグレーの薄葉紙に包まれ、ピンクのリボンが結ばれている。

毎年、中身は既製品かと思うほどキレイだが、楓の手作りらしい。

「お礼は？」と楓に頬をつつかれたので、「……ありがとう」と小声で呟いた。

「じゃあね」

そのまま帰ろうとする楓に、悠真は思い切って聞いてみる。

「な、なあ。ルイにはチョコ渡してないって聞いたけど……なんで俺には毎年くれるんだ？」

「え？」

楓は振り返り、戸惑った顔をした。そんなことを聞かれるとは思っていなかったようだ。

楓がこちらに歩いてくる。悠真の前で立ち止まり、フフと表情を緩める。

「そんなの決まってるよ」

悠真はゴクリと喉を鳴らした。

「だって悠真、全然チョコもらってないでしょ？　ルイはたくさんもらってるのに、可哀《かわい》そうじゃない」

「可哀そう？」悠真の眉根が寄る。

「そうだよ。悠真は元々ネガティブな性格だから、私が幼馴染としてバランス取らなきゃいけないでしょ」

「バ、バランス⁉」

「まあ、そんなことにまで気をつかう私に感謝してよ。じゃあね、悠真」

そう言って楓はそそくさと帰ってしまった。残された悠真はチョコを片手に立ち尽くす。

「バランスって……」

◇◇◇

翌日——

悠真の住んでいる地域は雪こそ降らないが、身を切る寒さはとても辛《つら》い。そんな時期に朝早く起きなきゃいけないなんて。

さらに昨日の出来事が頭をもたげる。

「なんだよバランスって！」

悠真はブツブツと愚痴りながら、いつものように穴に向かう。

まだ空は薄暗い。懐中電灯で穴を照らしながら、金属スライムを凍らせたり燃やしたりと、毎度おなじみのルーティーンを繰り返す。

スライムが粉々になったのを確認して穴から出ようとした時、違和感に気づく。

慌てて懐中電灯の光を穴に戻すと、そこには何か落ちていた。

一瞬石ころかと思ったが、鈍く光る黒い石は、周りにある石とは明らかに違う。

悠真は恐る恐る手を伸ばし、その石を摑《つか》み上げる。冷たく滑らかな表面。

——間違いない。

「ついに、ついに出た――――――――‼」

　穴から上半身を出すなり大声を上げたので、マメゾウは驚いて二、三歩後ろに下がる。

悠真は右手に持った石を高々とかかげ、喜びに浸っていた。

「とうとう……とうとう181日目にして出てきやがった！」

　悠真は「わんわん！」と鳴くマメゾウの頭を撫《な》で、「金が入ったら高い餌買ってやるからな」と言って、足早に家に戻った。

　自分の部屋の電気をつけ、改めてドロップした石を見る。すると何かがおかしいことに気づく。

「ん？」

　石の表面はツルツルしているが、どう見ても〝宝石〟には見えない。どちらかと言えば黒い鉄の塊だ。

「なんだこれ？　魔宝石じゃないのか？」

　悠真はスマホで検索するため、キーワードを入れてみる。

「ドロップ……鉄……宝石じゃない……」

　するといくつかの記事に辿《たど》り着いた。その内一つを開くと――

「黒のダンジョン……魔鉱石？」

それは黒のダンジョンについて書かれた記事だった。人気のある『白のダンジョン』と違い『黒のダンジョン』は人気がなく、調査や探索はほとんど進んでいない。

分かっているのは魔物を倒した時、ドロップするのは〝魔宝石〟ではなく〝魔鉱石〟という金属鉱物だということ。

この〝魔鉱石〟は身体能力を向上させるとの研究データもあるが、それもハッキリしないうえ、筋トレした方が早いとまで言われている。

そのため〝魔鉱石〟の取引価格は概《おおむ》ね安いとの記事内容に、悠真は溜息《ためいき》をついた。

「庭にある穴……あれ、黒のダンジョンだったのか……」

悠真は以前見た金属スライムの目撃例に関する記事をもう一度見返してみる。詳細を読めば、確かに黒のダンジョンを探索中に発見とあった。

一気に力が抜け、ベッドにバタンと倒れ込む。

「あんなに苦労したのに……あんなに小遣いを使ったのに……二束三文って」

どっと疲れが押し寄せ、なにもする気にならない。

世の中、そんなうまい話はないか……。悠真はガッカリしたが、愚痴ったところで現実が変わる訳じゃない。

今日は土曜で休日のため、悠真はずっと寝ていようかとも思ったが、その前にどうしてもやることがあった。

物置から大きなスコップを取り出し、その足で庭に向かう。

「わんわん！」

鳴きながら近寄ってくるマメゾウには目もくれず、悠真は庭の土を掘り返し、その土を穴の中へと放り込む。

「マメゾウ！　期待外れだった。こいつ全然、金にならないんだってよ‼」

怒りを込めて土をどんどん投げ入れる。二十分もすると穴は完全に埋まった。

「もう！　こいつとは！　二度と会いたくない‼」

悠真は穴のあった場所をバンバンとスコップで叩《たた》き、地面を固めていく。

「これでよし、と……何ヶ月も無駄にしちまった。マメゾウも明日からぐっすり眠れるぞ！」

「わん！」

満足そうに尻尾を振るマメゾウを見てホッと息をつき、悠真はスコップを片付けて部屋へと戻った。机の上には黒い魔鉱石が置いてある。

悠真はそれを手に取り、机の引き出しに放り込んだ。

「金にならない物はいらん！」

そのままベッドに大の字になって寝転がり、天井を見つめた。

——これで明日からはゆっくりできる。無駄な夢を追いかけるのは終わりだ。俺も将来のことを考えないとな。

ふと、幼馴染《おさななじみ》のルイのことを思い出す。

自分で進むべき道を決め、それに向かって努力するルイ。

——俺もルイみたいに……。

そんなことを考えたが、自分には関係ないと雑念を振り払う。

その日はなにもする気にならず、結局一日だらだらと過ごした。

◇◇◇

翌朝、マメゾウのけたたましい鳴き声が聞こえてきた。いつものことだが、目を覚ました悠真は眉を寄せる。

「……おかしいな。穴は塞いだはずなのに」

もぞもぞとベッドから起き上がり、ダウンコートを羽織って庭へ向かう。マメゾウは、やはり穴があった場所を睨《にら》んで吠《ほ》えているようだ。

「どうしたマメゾウ？　なにか——」

その時、目に入ってきた光景に悠真《ゆうま》は思わず顔をしかめる。埋めたはずの穴がポッカリと口を空けていたからだ。

「おい！　なんでだよ⁉」

慌てて穴を覗《のぞ》くと、暗がりにアイツがいた。プルプルと震える金属スライムだ。

「穴を埋めても翌日にはリセットされるってことか⁉　なんだよ。あんなに苦労して埋めたのに……」

悠真は項垂《うなだ》れてしゃがみ込む。埋めても意味がないなら、このダンジョンはずっとこのままということになる。

吠え続けるマメゾウを抱きかかえ、家の中へと連れて行く。だが一向に鳴きやまない。居間にいても、悠真の部屋に連れて行っても、マメゾウが鳴きやむ気配はない。

裏庭とは反対の庭に連れて行っても、やはり裏庭に向かって吠え続ける。

あのスライムは、なにか邪悪なオーラでも放ってるんだろうか？

とうとう朝食を作っていた母親に「なにやってるの！　ご近所さんに迷惑でしょ！」と叱責され、悠真は泣く泣く金属スライムを倒しに穴へと戻った。

◇◇◇

「だ────!! なんで俺があんな金にならないスライムを毎日毎日、倒さなきゃいけないんだ!」

机に突っ伏し怒りをぶちまける悠真だったが、マメゾウが吠えないようにする方法が思いつかない。

理不尽だと嘆きながら、ふと机の引き出しに目を移す。

金属スライムがドロップした〝魔鉱石〟を机の中から取り出し、目の前まで持ち上げてまじまじと見る。

大きさは二センチほど、完全な球体ではなく楕円形《だえん》で光沢のある黒い金属。

「確か身体能力を強化するんだっけ……売れないんだったら使ってみようかな」

しかし、具体的にどうやって使うのか分からなかったので、いつものようにスマホでグッてみる。

「……普通に飲み込めばいいのか。『よく消毒してから食べましょう』って書いてあるけど大丈夫かな?」

魔宝石や魔鉱石は飲み込むことで体内で分解され、魔法などが使えるみたいだ。

だが、悠真はその下に書いてある一文に目を奪われる。

※ただし、魔宝石にも『マナ』があり、それを上回る『マナ』を保有していない人間は取り込むことができません。

『マナ』が足りないと魔宝石は体内で分解されず、便を通して体外に排出されるのか。

「〝マナ〟……何回か聞いたことあるけど、いまいち分かんないんだよな」

悠真は頭を掻《か》きながら、『ダンジョン　マナ』で改めて検索してみる。

「なになに、ダンジョンの成り立ちとマナの発見について」

それはダンジョン研究に関して書かれたサイトで、長い文章が羅列されていた。

悠真は所々飛ばしながら斜め読みしていく。

書かれていた内容を要約すると――

七年前、世界各地にダンジョンが出現し、各国の軍隊が内部の調査をしていた。

中には地上に存在しない多様な生物がおり、非常に好戦的。たびたび軍隊と衝突し戦闘になった。

一年に亘《わた》る調査で分かったことは、未知の生物を倒すとその体は砂のように細かく砕け、消えていくということ。稀《まれ》に〝宝石〟を残していくこと。

生物たちはダンジョンの外には出られず、ダンジョンの下層に行けば行くほど、強力な生物が現れること。

そしてもっとも重要だと思われたのが、ダンジョンで長く活動していた軍人たちの体の変化だ。彼らの体からは微量ではあるが、放射線に近い特殊な電磁波を放っていた。

その電磁波はダンジョンの内部にもあったため、ダンジョンに長く滞在したことで人体に影響を及ぼしたと考えられた。

だがさらに調査を進めると、必ずしもダンジョン内の滞在時間と相関関係がないことが分かってくる。関係があったのは倒した生物の数だ。

より多く生物を倒したり、より強い個体を倒した兵士は、特殊な電磁波を高濃度で放っていることが確認された。

このことが公表されると、ネットを中心に『まるでゲームの経験値のようだ』と大きな反響を呼ぶ。

だが現実には電磁波が強くなろうがなるまいが、人体に悪い影響も良い影響も与えなかった。意味がないと分かると多くの人々はがっかりする。

しかし、その事態を一変させる出来事がダンジョンの発見から三年後に起こった。

この頃になると安全が確認されたダンジョンの低層階は民間人にも開放され、生物が産み出す〝宝石〟を売って儲《もう》けようとする者も現れ始める。

ダンジョン産の宝石は、それ自体が電磁波を帯びているため既存の宝石と判別しやすく、物珍しさから高値で取引されていた。

ある日、数名の民間人がダンジョンでドロップした〝宝石〟を持ち帰ろうと出口を目指していると、犬に似た生き物に襲われ、持っていた宝石を落としてしまう。

慌てて拾おうとしたところ、飛び出してきた犬が宝石を咥《くわ》え、そのまま飲み込んでしまった。

変化はすぐに表れる。

走り回って噛《か》みつくことしかできなかった犬が口を開くと、大量の炎を吐き出したのだ。

人々は呆気《あっけ》に取られる。

犬が口にしたのは、火を吐く爬虫類《はちゅうるい》からドロップした〝宝石〟だった。

この時、人類は初めて『宝石』の使い方を知る。宝石を飲み込み、体に取り入れれば、不思議な力を得ることができた。使える力はまさに魔法。

炎を生み出し、水を操り、風を巻き起こし、稲妻を轟《とどろ》かせる。

およそ空想の世界でしか成し得ないことが、ダンジョンで現実となったのだ。

この魔法はダンジョンの中でしか使うことはできなかったが、物理攻撃が効かない深層の生物に対しては極めて有効だった。

やがて魔法が使えるようになる宝石を『魔宝石』。

魔宝石を産み出す生物を『魔物』。

営利目的でダンジョンに入る人間を『探索者《シーカー》』と呼ぶことが一般的になってゆく。

なにより重要なのは〝魔法〟を使うためには、魔物を倒すことで増えていく電磁波が必要だということ。この電磁波は、最初に発見したオーストラリアの学者によって『マナ』と名付けられた。

古代の宗教において神秘的な力を表す言葉だ。

専用の機器を使って測定されるマナの値を『マナ指数』と呼ぶようになり、広く活用されることになる。

「ふ〜ん、結局〝マナ〟がないとなにもできないってことか……俺も散々、金属スライムを倒したからな。結構あるんじゃないのか？　マナ指数」

とは言え調べてみないと分からない。『マナ指数』で検索すると、どうやら一般の量販店で売られている〝測定器〟があるようだ。

「今日は日曜だし……行ってみるか」

◇◇◇

家から自転車で二十分ほどの場所に、大型の家電量販店がある。家で使う電化製品は大抵ここで揃《そろ》えているが、悠真が来るのは久しぶりだ。

自転車を駐輪場に停め、階段を上り店内へと入った。

大量の家電製品が並べられる大きなフロアを歩きながら、キョロキョロ辺りを見回していると、その一角に設置されたコーナーに目が留まる。

『ダンジョン関連商品、幅広く取り揃えております！』

大きなポップが立てかけられ、様々な商品が並べてある。

ダンジョン内での方向を示す特殊なコンパス。弱い魔物を倒すためのスタンガンや電磁警棒。

暗がりを照らすための強力なライトやキャンプ用品まで、電器店に必要か？　と思う物が多く揃っていた。

そしてお目当ての商品も——

「これがマナ測定器か……色々あるんだな」

並んでいる測定器は筒状の物もあれば、ドライヤーのような形をした物もある。

値段は四万から十二万まで。ネットで調べてもそのくらいの値段だった。さすがに高すぎるな～と悩んでいると、棚の端の方に中古品を扱ったコーナーがあることに気づく。

価格は一万から三万ほど。

悠真は店のロゴ入りジャンパーを着た店員に声をかける。

「すいません。この中古の測定器、ちゃんと測れますか？」

失礼なことを聞いてくる客に、小太りの店員は柔和《にゅうわ》な笑顔で対応する。

「ええ、大丈夫ですよ。少し古いモデルですが、ちゃんと測定はできます。もちろん最新型に比べれば性能は劣りますけどね。保証書も付きますよ」

だったら安い方がいいか、と思い、悠真は中古の測定器を買うことにした。

税込一万一千円の一番安いドライヤー型の物を手に取る。一万円の出費はけっこうな痛手だが仕方ない。

「じゃあ、これで」

◇◇◇

家電量販店から家に帰り、自分の部屋でマナ測定器の箱を開ける。

付属している説明書を読みながら、単三電池を二本セットして電源を入れた。

まずはこの黒い〝魔鉱石〟からだ。

ドライヤー型測定器の先端を石に向け、銃を構えるような体勢でスイッチを押す。こうして見ると、ドライヤーというより野球で使うスピードガンのようだ。

数値を示す表示窓を覗《のぞ》く。説明書を読む限り、ここに『マナ指数』が表示されると書いてある。

弱い魔物の魔宝石なら一桁台、少し強い魔物の魔宝石になると数十から数百あるようで、今まで発見された魔宝石で、最も強力なものは二千を超えていたという。

珍しい金属スライムが生み出した『魔鉱石』、マナ指数はどれくらいなんだ？　と興味《きょうみ》津々《しんしん》だった悠真《ゆうま》だが、いくら待っても数字は表示されない。

「あれ？　おっかしいな」

もう一度マナ測定器を魔鉱石に向け、スイッチを入れるが結果は変わらない。

なんでだ？　と思いながら、今度は測定器を自分に向けてスイッチを押した。

だが、やはりマナ指数は表示されなかった。

説明書を読み返し、何度も試すが結果は同じだ。

「――んだよ、コレ！　壊れてんじゃねーか‼」

頭にきた悠真は保証書を手に取り、マナ測定器をバッグに詰め込んで家を出た。自転車に跨《またが》り、再び家電量販店へと向かう。

◇◇◇

「え？　故障ですか？」

先ほど対応してくれた小太りの店員が、目を丸くする。

「そうですよ！　何回やっても全然測れないんですよ」

「それは、それは、大変申し訳ありません。すぐに不備がないか調べてまいります」

店員はそう言うと、測定器を持って店のバックヤードに引っ込んでいった。

——まったく、中古とはいえ壊れてる物を買わせるなんて。

憤《いきどお》りを覚える悠真だったが、数分ほどで店員が戻ってきた。

「お客様、お待たせしました」

額に汗をかきながらも、穏やかな笑顔を向けてくる。

「調べましたが、特に故障等はありませんでした」

「え？」

故障じゃない？　困惑する悠真の前で、店員はカウンターの上にいくつかの宝石を並べた。青に黄色に緑。色とりどりの宝石だ。

「これは本物の魔宝石です。これは【蒼穹《そうきゅう》のアクアマリン】の０・１カラット、こっちは【淡黄のシリトン】の0・2カラット、そしてこれは【緑光のペリドット】の0・3カラットで、マナ指数は左から1、2、3となります」

店員は悠真が買った『マナ指数測定器』を手に取って、その先端をアクアマリンに向けた。スイッチを押して二秒ほど待つと、ピッと音がする。

店員が見せてくれた表示窓には、確かに『1』と表示されていた。

さらにシリトン、ペリドットと次々に測定し、その結果を確認する。マナ指数は『2』と『3』。店員が言った通りの数値が出た。

「ご覧のように正確に測定できています。お客様、失礼ですがどのような物を測定されたのでしょうか？」

「え？　ああ、魔鉱石を測ったんですよ。これくらいの大きさの」

悠真が指で大きさを示すと、店員は「ああ」と言って納得する。

「なるほど、なるほど……〝魔宝石〟ではなく〝魔鉱石〟ですか。私は魔鉱石に詳しい訳ではありませんが、魔鉱石は総じてマナ指数が低いと聞いたことがあります」

「え⁉　じゃあ指数が低いと表示されないってことですか？」

「その可能性はありますね。この測定器は1以上の単位でしか測れませんから、1以下の場合は表示されないこともあるんですよ」

「ちょ、ちょっと待って下さい！　自分のマナ指数も測ろうとしたんですけど、やっぱり無反応だったんですよ。それもマナ指数が低いからですか？」

「失礼ですが、お客様はダンジョンで魔物を倒されたことがあるんですか？」

「ま、まあ、百匹以上は倒してますね」

悠真はちょっとだけ誇らし気に答えた。

「それは凄《すご》い！　ちなみにどんな魔物を倒されたんですか？」

「スライムですよ。ちょっと強めのスライム」

倒した魔物がスライムだと聞いた途端、店員は軽く笑ったように見えた。

「ああ、そうですか〜。いや、これはちょっと誤解されてるかもしれません」

「なんですか？」

「魔物を倒すと必ずマナ指数が上がると思われてる方が多いんですが、必ずしもそうではないんですよ」

「え？　そうなんですか？」

「ええ、マナというのは、倒した魔物が保有するマナの一部しか取り込めないんですよ。つまりマナ指数１００の魔物を倒すと、倒した人間のマナ指数が1上がるといった感じですね」

「そんな少ないんですか⁉」

「そうなんですよ。まあ人によって多少の違いはありますが、スライムをいくら倒してもマナ指数が上がらないというのは、よくあることでして……」

全然知らなかった。あんなに毎日、金属スライムを倒してたのに。

「じゃあ、どっちにしろ、この測定器じゃ測れないのか……」

「ええ、残念ながら……今回は故障ではありませんので、交換や返品には応じられません。ご了承下さい」

店員は申し訳なさそうに頭を下げたが、その穏和な顔には〝商品には問題ありませんから、さっさと帰って下さい〟と書いてあるように見えた。

なにか言いたかったが、これ以上反論する言葉が見つからない。

悠真は「分かりました。すいません」と言い、肩を落として家へと帰った。

◇◇◇

自分の部屋に戻って来た悠真は、測定器の入ったバッグを放り投げる。

勉強机の椅子に座り、ガックリと項垂《うなだ》れた。

「なんだよ、くっそ！　一万円以上も払ったのに、無駄な出費だった‼」

悠真は腹を立てたが、どうにも納得できない。

家電量販店の店員は、スライムをいくら倒してもマナ指数は上がらないと言ったが、倒していたのは普通のスライムではない。珍しい金属スライムだ。

「あんなに倒してゼロってことはないだろう！」

だが正確なマナ指数が分からなければ、『魔鉱石』を使うことができない。０・１単位で測定するにはどうすれば……悠真はスマホで調べてみる。

「う～ん、精密に測れる測定器は十万以上するのか～。中古でも七万……とても手が出ないな」

かと言って調べずに『魔鉱石』を食べれば、最悪の場合体に取り込まれず、ウ○コになって出てくる可能性がある。悠真は手に取った魔鉱石を、まじまじと見つめる。

「まああのデカさだな。こんなのお尻から出てきたら大変なことになるかも……」

ゾッとして息を呑《の》む。直径二センチの鉄球を、だれもお尻から出したくはないだろう。

悠真は改めて、マナ指数を知る方法がないか調べる。

するといくつかの記事がヒットした。

「ダンジョンにある測定器？」

それは東京都が管理するダンジョンのホームページだ。

武蔵野《むさしの》市にある『青のダンジョン』は低層階であれば子供でも入れる人気のスポット。

そこに入場料を支払って入れば、無料でマナ指数を測ってもらえると言う。

「なんだ、こんなのがあったのかよ⁉　しかも精密なマナ測定器が使えるって……これを知ってれば、こんなガラクタ買わなかったのに」

一万一千円で買った〝マナ測定器〟を見て溜息《ためいき》をつく。

「とにかく、正確なマナが測れるならありがたい」

悠真が住む家は東京都内ではあるが、都心から離れた郊外にある。とは言え武蔵野に行くなら、電車を使って数十分もあれば充分だ。

悠真は財布だけを手に取り、再び部屋を飛び出した。

◇◇◇

武蔵境《むさしさかい》駅で電車を降りた悠真は、改札を出て駅の周辺をキョロキョロと見渡す。

「こっちだよな」

スマホの地図を見ながら歩いていると、数分で白いドーム状の建物が目に入る。

「あれか？」

悠真は足を速め、その建物へと向かった。

それは小金井《こがねい》公園の中に建てられた施設で、三千平米はあろうかという大きさ。東京ドームの小型版といった感じだが、四方を囲む白い壁は、人々の侵入を頑《かたく》なに阻《はば》んでいるように見えた。

正面の入口には受付が設置されており、悠真は自動ドアを通って中に入る。日曜ということもあって、けっこうな人の賑《にぎ》わいがあった。悠真は受付にいる女性に声をかける。

「すいません。ダンジョンに入りたいんですけど」

「初めての方ですか？」

二十代前半くらいの綺麗《きれい》な女性が、ニッコリと微笑《ほほえ》む。

「ええ、初めてです。お金いるんですよね？」

「はい、入場料がかかります。このダンジョンは三階層まで一般の方が入ることができますが、どうなさいますか？」

どうやら潜る階層によっても料金が違うようだ。取りあえず一階層までいいだろう。

「じゃあ、一階層で」

「かしこまりました。一階層までですと、入場料として千円いただきます。あ、学生さんの場合は学生割引がありますが、学生証などございますか？」

悠真《ゆうま》は財布に入っていた学生証を提示し、入場料を八百円にしてもらった。

「これが入館証になります。ダンジョンの入口は、正面をまっすぐ進んだ扉の中になります」

「あの、マナ指数を測定したいんですが……」

「マナ測定室は中に入って右手です。場所はすぐに分かると思いますよ」

「あ、どうも」

受付の女性が「お気をつけて」と声をかけてくる。その声を背中で聞きながらしばらく歩いていると、『マナ指数測定室』と書かれた立て看板が目に入る。数人が並んでいたが、それほど多くはない。

悠真は番号札をもらい、廊下にあるソファーに座って待つことにした。

そわそわしながら待っていると、十分ほどで声がかかる。

「286番の方、どうぞお入り下さい」

「あ、はい！」

悠真は番号札を片手に、マナ指数測定室へと足を踏み入れた。

中に入ると、白い服を着た二人の男性が待っていた。まるで看護師のようだ。

「こちらにどうぞ」と促され、悠真は部屋の中央に置かれた椅子に座る。そこにはCT検査で使うような大型の機械が縦に置かれていた。

輪っかが上から降りてくる仕組みのようだ。

「それでは測定しますので、じっとしていて下さい」

男性がそう言うと、もう一人の男性が機械を操作し、装置が動き始めた。

悠真は緊張して顔を引きつらせる。こんな大掛かりな物だとは思っていなかったからだ。

なるほど、これは確かに家電量販店で売ってるドライヤー型の測定器とは訳が違う。

そう思って悠真は安心する。これなら自分のマナ指数が正確に測れるだろうと。足元まで下がった丸い輪っかは、その後ゆっくり上部へと戻ってゆく。

「はい、もう大丈夫ですよ」

測定は思ったより早く終わり、悠真は席を立つ。部屋の脇に置かれたプリンターからA4サイズの紙が出てきて、男性がそれを手に取った。

「結果が出ました。こちらですね」

渡された紙にはいくつかの項目が書かれていたが、その全てがゼロと示されている。悠真は眉根を寄せた。

「これって……」

「ええ、マナ指数に関してはゼロですね。この装置は0・01単位まで測定できますので間違いないかと」

　結果はドライヤー型の測定器と同じだった。どうやら本当に金属スライムが弱すぎて、マナがまったく入っていないようだ。

　悠真は「ありがとうございました」と言い、がっかりして部屋を出た。

◇◇◇

「今の子、マナがあると思って来たんだろうな」

　マナ指数測定室にいる二人の職員が、笑いながら話をする。

「ああ、最近多いからな。低層階の魔物を倒して、マナ指数が上がってると思ってる素人《しろうと》さん」

「さすがにこの〝青のダンジョン〟にいるスライム程度、いくら倒してもほとんどマナに影響しないんだけど……それを言うとがっかりされるから言えないし」

「はははは、確かに」

　そんな会話をしてると、機器の調整を行っていた職員が異変に気づく。

「ん？　あれ」

「どうした？」

精密測定器がカタカタと揺れ、なにも書かれていないレポート用紙が、何枚も出力されている。

「機器の調子が悪いのかな？　こんなこと初めてだ」

「おいおい、勘弁してくれよ。この機器が壊れたことなんてないだろ？　なんで今日に限って調子が悪くなるんだ！」

「分からないよ、俺にそんなこと言われたって！」

「お前、この装置の技師だろう！　分からないで済むか！」

互いに言い合っている間に、さらに機器の調子は悪くなり、とうとう完全に停止してしまった。

二人は慌ててマナ測定器を直そうとする。だが数億円はくだらない精密機器は、その後なんの反応も示さない。

初めての事態に職員たちは狼狽《うろた》え、真っ青になった。

◇◇◇

悠真は施設の奥にある扉の前に立つ。この先にあるのが『青のダンジョン』だ。

「いや、それが……」

「せっかく来たんだから、一応入ってみるか」

扉が自動で開き、中へと進む。大きなドーム状の空間、屋根は半透明のガラスになっており、日の光が差し込む。

それでも空間全体が薄暗く感じるのは、床に空いた穴が漆黒の闇を晒《さら》していたからだろう。悠真はごくりと唾を飲み込む。

「はーい、こちらがダンジョンの入口ですよー！　入る方は準備をしっかりして下りていってくださいねー」

都の職員だろうか？　制服を着た女性が手を振って案内をしている。親子連れがなにかを聞いたあと、中央にある穴を下りていった。

悠真が足を進めると、そこにはしっかりとした階段があり、かなり下まで続いている。覗《のぞ》き込むと思わず足がすくんだ。

――ダンジョンってこんなに大きいのか？　庭にあるのとは大違いだ。

「初めての方ですか？」

「え？　ええ」

おっかなびっくり穴を見ていた悠真に、職員の女性は声をかけてくる。よほど挙動不審に見えたのだろう。

悠真は一階までの入館証を見せる。

「一階層までですね。大丈夫ですよ、危なくないですから。ところで魔物を倒す武器は持ってこられましたか？」

「い、いいえ、なにも持って来てないんですけど」

マナ測定が目的で来たため、魔物を倒すことは考えていなかった。

悠真がどうしようかと頭を掻《か》いていると、女性の職員は「それじゃあこちらから」と、脇に置いてあったワゴンを見せてくれる。

そこにはハンマーや、小型のナイフ、斧《おの》や棍棒《こんぼう》などが並んでいた。

「こちらの物でしたら貸出もしておりますので、どうぞお持ち下さい」

「いいんですか？」

「ええ、帰りに返却していただければいいですよ」

笑顔で話してくれる職員さんに甘えて「じゃあ」と、ハンマーを手に取る。

悠真は改めて階段の上に立ち、ふぅと息を吐いてから、ゆっくりと足を踏み出して階段を下っていった。

そこは青白い光が灯《とも》る洞窟。

ゴツゴツとした岩肌が広がり、テニスコート六面分くらいの広さがある。

ダンジョンには元々光源があって昼間のように明るい場所もあると聞くが、ここはそこまで明るいとは言い難《がた》い。

それでも気持ちが高揚するのは、人の賑わいがあるからだろう。

家族連れや楽しそうに微笑むカップル、友人同士のグループや学生など。その光景はさしずめ観光スポットのようだ。

悠真のように一人で来ている者は少ない。

各々《おのおの》武器を持ち、辺りを見回しながら歩いている。

「みんな魔物を探してるんだよな」

悠真も魔物を見つけようとするが、こんなに人がいて魔物が残っているだろうかと心配になる。しかし――

「お！」

岩場の陰に何かいる。そっと回り込むと、そこには半透明の体をプルプルと震わせる青いスライムがいた。

「こいつが普通のスライムか」

動きもノロノロと遅く、金属スライムとは比較にならない。

しゃがんで指でつつくと、スライムはビクッと震え、怯《おび》えたように逃げていく。悠真は手に持ったハンマーを軽く振り上げ、スライムの頭に落とす。

衝撃を受けたスライムは、ピタリと動きを止めた。

悠真がもう一度ハンマーを振るうと、パンッと弾《はじ》けて消えてしまう。

「よっわ！　スライムってこんなに弱いのか⁉」

毎日金属スライムを相手にしてるが、こいつの百倍は強いぞ。それなのにマナがまったく入らないなんて……。

心の中で嘆く悠真だったが、そんなことを言っても仕方ないと気を取り直し、魔宝石が落ちてないか確認する。

「やっぱりないか……」

弱い魔物ほどドロップ率は低いと言う。かといって強い魔物を狩るのはリスクが高いので、どちらがいいとも言えないが。

その後も悠真はダンジョンの一階層を隅から隅まで歩き回り、六匹のスライムを討伐した。

「魔宝石は一つも出なかったが……まあ、仕方ないか」

悠真がそろそろ帰ろうと思った時、少し離れた場所から子供の声が聞こえてくる。

「やった――――！　青い魔宝石だ‼」

振り向くと、家族で来ていた子供が手を上げて大喜びしていた。

「良かったな、マサシ。〝蒼穹《そうきゅう》のアクアマリン〟０・２カラットぐらいか、売れば二千円にはなると思うぞ」

「やだよ！　僕は魔法が使いたいんだ。絶対、自分で使うもん！」

「でも魔法はダンジョンの中でしか使えないいんだぞ。それでもいいのか？」

「いいもん！　毎日ダンジョンに通うから」

「そうか、そうか。分かったよ」

そう言って父親は子供の頭を撫《な》でていた。

スライムなんかいくら倒しても魔法なんか使えないのに……。そう思いながら悠真《ゆうま》はダンジョンを後にした。

◇◇◇

イスラエルの大都市テルアビブ――

ここに国連の機関『国際ダンジョン研究機構』（通称：ＩＤＲ）がある。

エルサレムには世界最大最深度のダンジョンがあり、各国の研究者たちが集まっていた。

その中にダンジョン研究の権威、オーストラリアの物理学者イーサン・ノーブルの姿もあった。まだ三十代と若く、銀色の長髪に大きな丸メガネをかけ、周りからは変わり者の研究者と呼ばれているが、『マナ』を最初に発見した優秀な学者だ。

「この報告書を見る限り、間違いないようだね」

施設の一室にいたイーサンが視線を落として呟《つぶや》く。テーブルの上には各国の研究所から上がってきた報告書が乱雑に置かれていた。

イーサンの言葉を聞き、隣にいた助手のクラークは眉をひそめる。

「では、やはり……」

「ああ、ダンジョンから地上に〝マナ〟が漏れ出している。時間が経《た》つごとにその量も増えているようだね」

「だとしたら大変なことになるのでは⁉」

慌てるクラークを余所目《よそめ》に、イーサンはコーヒーカップを持ち上げ、さもあらんといった表情でコーヒーをすする。

「まあ、そうだろうね。魔物たちがダンジョンの外に出られないのは、地上にマナがないからだ。このままマナが漏れ続ければ、いずれ魔物は出てくるだろう」

「そんな呑気《のんき》な！」

コーヒーをすすりながら淡々と話すイーサンに、クラークは眉間にしわを寄せ不満気な表情を向ける。

「ままあ、魔物が出てくると言っても低層階の弱いものだけだよ。すぐに被害が出るってことはないと思うよ」

「じゃ、じゃあ大丈夫なんですね？」

助手のクラークは年齢こそイーサンより上だが、若くしてダンジョン研究の権威と言われるイーサンのことを尊敬していた。

その彼が言うのなら大丈夫か、と安堵《あんど》するが……。

「ただし、低層階のマナ濃度も少しずつ上昇しているという報告もある。それが本当なら、いずれ深層の魔物も上がってくるだろうね」

「そんな！」

「まあ、落ち着いてクラーク。確定した話じゃないし、濃度の増え方も微々たるもの。当面、問題はないと思うよ」

「そ、そうですか。それならいいですが……」

ホッと胸を撫で下ろすクラークを見て、イーサンはフフッと悪戯《いたずら》っぽい笑みを浮かべた。

「とは言え、差し当たっては別の問題があるけどね」

「え？」

クラークはなんのことか分からず、怪訝《けげん》な顔をする。そんなクラークに対し、イーサンは話を続けた。

「ダンジョンの外に〝マナ〟が溢《あふ》れてくるってことは――」

飲み終えたコーヒーカップを受け皿に戻すと、イーサンは真剣な眼差《まなざ》しを見せる。

「地上で魔法が使えるってことだよ」

◇◇◇

青のダンジョンから帰って来た悠真は、勉強机に座り、腕を組んで唸《うな》っていた。

「う～ん、どうしたものか……」

机の上に置かれた〝魔鉱石〟を、じっと見つめる。

「これを使ってみたいけど、俺のマナ指数ゼロなんだよな」

目の前の〝魔鉱石〟はダンジョンのマナ測定器で測っていない。魔鉱石にマナが内包されていれば、悠真に使うことはできない。

「あんなに弱い普通のスライムでも0・2カラットのアクアマリンを出してたし」

ネットで調べたところ、【蒼穹のアクアマリン】の0・2カラットは0・2のマナ指数があるそうだ。だとしたらこの魔鉱石も、多少のマナを含んでいてもおかしくない。

だがさらに調べると、マナ指数ゼロの魔鉱石もあるという。

「マナ指数がゼロなら使えるのかな?」

せっかく181日もかけて手に入れた物だ。使ってみたい。

実際に使えるかどうかは食べてみるのが手っ取り早いが、もしダメならウ○コになって出てきてしまう。

二センチの鉄の玉がお尻から出てくることが心配だった悠真は『大便太さ』で検索してみる。すると便の太さは三~四センチぐらいが通常と出てきた。

「だったら二センチの魔鉱石はなんとかなるか」

悠真は覚悟を決め、魔鉱石を飲み込むことにした。石をアルコールで消毒し、意を決して口に含む。

ペットボトルに入った麦茶でゴクリと流し込んだ。

「うん……どうだろう?」

特になにも感じない。やっぱり失敗だったか、そう思っていると、お腹《なか》が次第に熱くなってくる。

「これは――」

熱は全身を駆け巡る。今まで感じたことのない感覚。

だが恐怖や不快感はない。どこか心地よさすらある。三十秒ほど経つと、不思議な感覚は自然と収まった。

「なんだったんだ、今の……魔鉱石を取り込んだってことなのか？」

手をグーパーと握ったり開いたり、体を動かしてみるが特に変わった様子はない。

確か魔鉱石は身体能力を強化するんだったな。悠真は階段を下り、サンダルを履いて裏庭に出る。

外は夜の帳《とばり》が下り、もう暗くなっていた。スウェットの上下だけではさすがに寒いなと思っていると、犬小屋にいたマメゾウが飛び出してきた。

「わん、わん！」

「ちょっと試すだけだから、静かにしててくれよ」

足元はサンダルだが、悠真は軽く走ってみる。やはり何か変わってる感じはない。

その場でステップを踏み、シャドーボクシングをしてみるが結果は同じだ。

「身体能力を強化するって言っても、変化が小さすぎて分からないのかな？」

ちょっと期待していただけに悠真は肩を落とし、ガッカリした。

まあいいかと思い部屋に帰ろうとした時、側《そば》にいたマメゾウに変化が起こる。

「うぅ〜〜」

「ん？ どうした、マメゾウ？」

「わんわんわんわんっ！」

急に烈火の如《ごと》く吠《ほ》え出した。悠真が近づくと、マメゾウは吠えながら一歩、二歩と後ずさる。

どうしたんだよ、と困惑する悠真は、差し出した自分の右手を見てギョッとする。

手の色が真っ黒になっていたからだ。

「なんだコレ⁉」

左手も真っ黒。袖をまくって腕を見るが、やはり黒ずんでいた。全身に回っているのかと悠真は青ざめる。

「もー、どうしたの？　マメゾウ」

異変に気づいた母親が台所から声をかけてくる。

――マズイ！　こんな姿、見られたら大変なことになる。

悠真は慌てて家に入り、母親と鉢合わせする寸前で階段を駆け上がった。

「ハァハァ……ビックリした……」

部屋に入りドアを閉めた悠真は、その場にへたり込む。しばらく呆然《ぼうぜん》としていたがヨロヨロと立ち上がり、壁にかけてあった鏡で自分の顔を確認した。

心配した通り顔も黒くなっている。あまりの変貌ぶりに言葉を失うが、灯《あか》りの下でよく見ると完全な黒ではなく、黒みがかったメタリックグレーに見える。

「これ……金属なのか？」

髪の毛も一本一本が細い針金のようになり、眼球まで金属の色を帯びている。

腕を叩《たた》けば、キンキンと金属音が鳴って痛みはまったく感じない。

「これがあの〝魔鉱石〟の能力……全身を硬くできる魔法ってことなのか？　でも魔法って、確かダンジョンの中でしか使えないんじゃなかったっけ？」

ダンジョンの外で使える魔法もあるってことか？　そもそもこれ魔法なのか？　など、色々な疑問が頭に浮かぶ。

「いや、それよりこれちゃんと元に戻るのか？　このままなんてことないよな？」

悠真は自分の頬をツンツンと指でつつきながら不安になる。戻れ！　戻れ！　と強く念じるが、一向に戻る気配はない。

時間が経てば戻るのか？　と思い待つことにするが、ただ待つのもなんなので、いつも使っている金槌《かなづち》とガスバーナー、冷却スプレーを持ってくる。

「少し試してみるか」

まずは金槌を持ち、自分の腕に振り下ろす。キンッと音が鳴るだけで痛くもかゆくもない。

「おお！　凄《すご》いな」

力を入れて叩いても結果は一緒だ。

今度はガスバーナーのトリガーを引いて着火する。腕にゆっくりと近づけると、

「熱っ！　やっぱり火には弱いか……金属スライムと同じだ」

冷却スプレーも使ってみるが普通に冷たかった。やはり物理的な攻撃以外は防げないようだ。そんなことをしている内に体は元に戻った。

「五分ぐらいで終わりか……まあ、戻って良かったけど」

体を金属のようにする魔鉱石。確かに身体強化の一種でおもしろいとは思ったが。

「これ、どう役に立つんだ？」

◇◇◇

次の日の朝、悠真《ゆうま》はベッドでムクリと体を起こし、改めて自分が〝魔鉱石〟を使ったんだと思い返す。

――やっぱり夢じゃなかったんだ。

もう一度【硬化能力】を使ってみようかと思ったが、今日は月曜日。

学校に行かなきゃいけない。

──もし硬化して戻らなかったら大変だしな。

能力を試すのは学校から帰ってからにするか、と考え、いつものように金属スライムを倒してから登校した。

その日は魔鉱石の能力が気になり、一日中そわそわした気分で過ごした。

夕方、家に帰ってくると部屋の鍵を閉め、鏡の前に立つ。

「硬くなれ、硬くなれ、硬くなれ！」

真剣に念じると、次第に顔や手に黒いアザが広がり、数秒で全身を鋼鉄に変えてゆく。

「……すごい」

これがダンジョンの……魔鉱石の力なのかと悠真は感心した。

しばらく待っていると、昨日と同じように五分ほどで元に戻る。どうやら時間が来ると自動的に解除されるようだ。

「はは、やっぱりおもしろいな。これ！　もう一回できるかな？」

悠真は、硬くなれ！　と念じたり体に力を込めたりしたが、今度は一向に変わる気配はない。

「一日に一回しか使えないってことか……」

回数制限や五分経《た》たないと元に戻れないなど、融通の利《き》かない部分はあるが、それでも凄いことに変わりはないだろう。

悠真はそう思い、これを何かに使えないかと考えを巡らせる。

——例えば不良グループと喧嘩《けんか》になった時なんてどうだろう。相手にいくら殴られてもビクともしないし、こっちの拳は金槌と変わらない。だとしたら俄然《がぜん》有利だ。

そんなことを夢想してほくそ笑む悠真だったが、よく考えたらそんな状況、今までの人生で一度もない。

所詮ドラマやアニメの話か……と意気消沈する。

——だったらダンジョンはどうだ？　相手の攻撃はほとんど効かないだろうし、深層部まで行って活躍することも……。

そんな悠真の希望はすぐに萎《しぼ》んでゆく。

ダンジョンの深層にいる魔物は物理攻撃がほとんど効かないと聞く。軍隊の銃撃や砲撃でもダメージを与えられないと。

だからこそ魔物を倒すことのできる〝魔法〟が重宝されるんだ。

金属の拳で殴るなど、まさに物理攻撃そのもの。さらに頭が痛いのは、深層にいる魔物は〝魔法〟が使えるらしい。

炎を吐くドラゴンに、風を巻き起こす怪鳥、稲妻を纏《まと》う鬼や、水や冷気を操る精霊までいるという。火や冷気に弱い金属の体には致命的だ。

「体が硬いだけじゃ入っていけねーよな……」

悠真は椅子に座って項垂《うなだ》れる。結局苦労して手に入れた金属スライムの〝魔鉱石〟は売ることもできず、使ってもたいした役に立たない。

「あーくそっ！　朝、金属スライム狩るのやめたいよー！　なんのメリットもないじゃないか‼」

あまりにも面倒くさかったため、悠真はダンジョンができたことを自治体に通報しようかと考えていた。

だが、都の条例では通報しないと罰則があるらしく「今、見つけました！」が通用するかどうか分からない。

前に一度、母親が庭にある穴を見つけ、悠真に聞いてきたことがあった。

すでにスライムを倒した後だったので、ただの穴に過ぎないが、悠真は「陥没したみたいだね。そのうち埋めておくよ」と誤魔化していた。

もし母親がそのことをうっかり漏らせば、悠真はお縄になるかもしれない。

ぶるぶると体を震わせ、次の日からもスライムを倒していこう！　と、悠真は心を新たにした。

◇◇◇

九ヶ月後――

茨城にある日本最深度の迷宮、【赤のダンジョン】。

その三階層で事件が起こる。この日はダンジョン関連企業の大手であるエルシード社が、探索者《シーカー》を目指す若者たちを対象に、ダンジョンの体験会を開いていた。

本来であれば、探索者《シーカー》以外入ることのできない赤のダンジョンだが、エルシードは政府とのパイプもあるため特別に許可が下りていた。

二十人ほどの若者たちと、引率の〝探索者《シーカー》〟五人。

三階層にいるラヴァ・タートルを全員で狩る予定だった。甲羅が発熱する魔物ではあるものの動きは遅く、危険はないはずだったのだが――

「きゃあああああ！」

女性が悲鳴を上げて尻もちをつく。目の前には大型のトカゲ。

体の至る所から炎を噴き出し、鋭利な牙と爪が見て取れる。低層階にいるはずのない魔物、〝サラマンダー〟がギロリと睨《にら》んで突っ込んできた。

女性は「ひっ！」と短く悲鳴を上げたが、恐怖で体が硬直し、その場から動くことができない。

「おい！　まずいぞ‼」

「誰か、誰か来てくれ！」

体験会に参加していた若者が声を上げる。

探索者《シーカー》の一人が異変に気づくも、助けに入るには間に合わない。

女性がもうダメだと思って瞼《まぶた》を閉じた。だが、しばらくしても襲ってくる気配がない。

女性が恐る恐る目を開けると、唸《うな》り声を上げるサラマンダーの前に一人の青年が立っていた。

青年は着ていた耐火性の防護服を脱ぎ、盾のように前にかざす。

魔物はけたたましい声を上げ、火を吐きながら飛びかかってきた。

青年は耐火服で炎を防ぎつつ、突進をかわし、側面に回り込む。持っていた『水脈の短剣』をサラマンダーの左脇部分にすべり込ませた。硬い皮膚にある数少ない柔らかい箇所に短剣を突き立てる。

地面に着地したサラマンダーは、血を流しながら青年を睨む。パカッと口を開け、灼《しゃく》熱《ねっ》の炎を吐き出した。

青年は飛び込み前転でそれをかわし耐火服を魔物の頭に被《かぶ》せる。視界を奪われモゾモゾ

と暴れるサラマンダーを押さえながら、首元に短剣を突き刺した。

ここも脇と同じで、柔らかく刃が通る箇所だ。暴れ回るサラマンダーを全力で押さえ、短剣をさらに深く押し込む。魔物は「グエッ」と苦し気な声を出すと、グッタリして動かなくなった。

青年はフウと息を吐き、耐火服の砂を払って立ち上がる。

「大丈夫か⁉」

駆けつける数人の探索者《シーカー》たち。サラマンダーを倒した青年を心配するが、青年は何事もなかったように平然と答える。

「大丈夫です、心配いりません」

「念のためバイタルチェックをする。名前を教えてくれないか？」

探索者《シーカー》がバッグから医療機器を取り出す。青年は「分かりました」と言って自分が持つ身分証を示した。

「天沢《あまさわ》ルイ、高校三年生です」

探索者《シーカー》の一人が、倒れたサラマンダーに近づき、傷口を確認する。

会社から貸与された『水脈の短剣』が、魔物の急所を的確に貫いていた。その鮮やかな手並に、ベテランの探索者《シーカー》も感心する。

魔物の体が崩れ始め、やがて砂となって消えてゆく。

何もかもがなくなった場所に、キラリと光る物が残った。

「これは……」

ベテランの探索者《シーカー》はそれを拾い上げ、バイタルチェックを受けている高校生に視線を移す。

どこにでもいそうな普通の高校生。

探索者《シーカー》の男は拾った物を持って、高校生の元へと向かった。

◇◇◇

「本当に大丈夫か？　特にバイタルに異常はないが……」

「はい、大丈夫です。ありがとうございます」

ルイは自分のことを気にかけてくれる探索者《シーカー》の男性にお礼を言って立ち上がる。気づくとサラマンダーは消えていたが、その場所から別の探索者《シーカー》がやってくる。

ルイの目の前に来たのは、身長１８０センチ以上はある大柄の男性で、大きなリュックを担《かつ》ぎ、ナイフやハンマー、電磁警棒などを体の至る所に仕込んでいた。

見た目だけなら軍人といった様相だ。

「天沢ルイくんだったね。私はこの体験会の責任者で、五人の探索者《シーカー》のリーダーでもある石川《いしかわ》だ。まず女性を助けてもらったこと、感謝する。ありがとう」

「いえ、そんな。当然のことをしただけです」

「それにしても見事なものだ。サラマンダーの急所の首元と脇を的確に貫いている。あれは狙ってやったのか？」

「あ、はい……ダンジョンの魔物については調べているので、知っている魔物であれば急所の場所も記憶しています」

「そうか……」

石川は手に持った小さな石をルイの前に差し出す。それはキラキラと輝く〝魔宝石〟

【朱銀のルビー】だった。

「これは君が倒したサラマンダーが落とした物だ。君が手にする権利がある」

「え⁉　いいんですか」

ルイは驚き、周りにいた石川以外の探索者《シーカー》もギョッとする。

「い、石川さん、いいんですか⁉　そのルビー、０・７カラットはありますよ！」

苦言を呈してくる仲間の探索者《シーカー》に、石川はフンッと鼻を鳴らす。

「この体験会では倒した魔物の〝魔宝石〟は、倒した者が持ち帰れると規約にハッキリ書いてある。だからこれは君の物だ。持っていきなさい」

「は、はい！　ありがとうございます」

ルイは石川からルビーを受け取ると、まじまじと見つめた。０・７カラットの魔宝石【朱銀のルビー】のマナ指数は７００。

それは市場の取引価格で、千四百万を超える代物だった。

◇◇◇

「あ〜眠い」

朝の通学路。悠真《ゆうま》が欠伸《あくび》をしながら、いつものように学校へ行く。すると校門の前が騒がしくなっていた。

「なんだ？」

見ればワゴン車が何台も停まり、色々な機材を持った人たちがいる。

「悠真、おはよ！」

「お、おお、楓《かえで》か」

後ろから声をかけてきたのは幼馴染《おさななじみ》の楓だった。

「これ、なんの騒ぎだ？　知ってるか？」

「あーこれね。これは多分……あれだよ」

楓が指差したのは学校の玄関前。たくさんの人たちが集まっている。カメラやマイクを持った人たちが、誰かを取り囲んでいるようだ。

目を凝らしてよく見ると、少し茶色がかったサラサラの髪に、爽やかな笑顔で応答している見知った顔があった。

「あれは――ルイ⁉」

「昨日連絡があったんだけどね。ルイがダンジョンで珍しい魔宝石を見つけたんだって。そのとき女の人も助けたとかで、ネットではちょっとしたニュースになってたよ」

「へ、へ～」

ルイが注目されるのも驚きだが、楓と連絡を取り合っていることに悠真は少し複雑な気持ちになる。

二人は近くまで行き、取材の様子を見ることにした。

「魔物に襲われた女性を助けたそうですね。怖くはなかったんですか？」

マイクを向ける女性リポーターに戸惑いながら、ルイは含羞《はにか》んでポリポリと頬を掻《か》く。

「い、いえ、そのときは無我夢中で……でも女の人に怪我《けが》がなくて良かったです」

「強い魔物だったんですよね！　エルシード社の探索者《シーカー》も高校生のあなたが強い魔物を倒

したことに驚いていましたよ」

「ま、まあ、確かにサラマンダーは本来十階層以降にいる魔物ですが、倒すことができたのはエルシード社が貸してくれたダンジョン用の武器があったからですよ」

「そうは言いますが、倒した魔物からルビーの〝魔宝石〟がドロップしたんですよね！　千四百万以上する物だとか。売る気はあるんでしょうか？」

――千四百万⁉　悠真は絶句する。

そんな物をルイは手に入れたのか、と。

「いえ、僕は将来〝探索者《シーカー》〟になりたいので、魔宝石は自分で使おうと思います」

売らないのか？　千四百万の物を？　それを聞いて悠真はさらに衝撃を受ける。

ルイの隣で話を聞いていた校長が、ニコニコ顔で口を挟んできた。

「いやいや、天沢くんは成績も優秀で難関の大学へ進学することも可能ですが、本人が世の中の役に立ちたいと強い希望を持っておりまして――」

「校長先生にとっても、ご自慢の生徒さんということですね！」

「ええ、もちろん！　なんといっても、あのエルシード社の方々に認めてもらえるなんて、とても光栄なことですから！」

悠真は校長の話を聞いて眉をひそめる。

「なんだ？　さっきから話に出てるエルシード社って？」

悠真が聞くと、楓は呆《あき》れた顔をする。

「知らないの？　日本最大手のダンジョン関連企業で、ルイが一番入りたいって言ってる会社だよ」

「そ、そうなんだ」

「その会社に入るために、高校を卒業したら国の育成機関に行くんだって。すごいよね、もう具体的な進路を決めてるんだから」

「育成機関……そんなのがあるのか？」

「なんにも知らないんだね、悠真は。ＳＴＩ（Searcher Training Institution）って呼ばれる探索者《シーカー》の育成機関だよ」

「へ～」

笑顔で話しているルイを見て、悠真は胸が苦しくなってくる。アイツはまっすぐに努力して自分の夢を叶《かな》えつつあるのか。それに比べて俺は、と。

悠真はバツが悪くなり、楓を残してそそくさと校舎へ入っていった。

◇◇◇

「なあ、悠真。知ってるか？　天沢のこと」

「ん？　取材受けてたことだろ、知ってるよ」

学年の各クラスが合同で行う体育の授業。体育館の隅に座っていた悠真に、いつもつるんでいる広瀬《ひろせ》が話しかけてきた。

「すげーよな。新聞にも載るらしいぜ、完全にヒーロー扱いだ。それに見ろよ」

広瀬が視線を移す。悠真もつられて同じ方向を見た。

今はバスケの試合中。ディフェンスをしている男子生徒の合間を、ルイが華麗なドリブルで抜いていく。

ゴール下の床を蹴り、流れるような動作でレイアップシュートを決めた。

爽やかな笑顔、頬を伝う汗、栗《くり》色の髪を揺らし仲間とハイタッチする姿も、その全てが絵になっている。隣に座る広瀬が「ありゃ～モテるよな」と溜息《ためいき》を漏らす。反論する言葉が見つからない。

「天沢と言えばもう一つ噂《うわさ》があるけど、実際の所どうなんだよ？」

「噂？」

悠真が怪訝《けげん》な顔をすると、広瀬が「あっちだ、あっち！」と体育館の西側を指差す。そこでは女子たちが合同でダンスの練習をしていた。

「ダンスがどうしたんだよ？」

「ダンスじゃねえ！　一ノ瀬《いちのせ》だよ、一ノ瀬。お前、幼馴染なんだろ？」

広瀬の視線の先には、友達と笑顔でダンスの振りを確認する楓がいた。白いTシャツに紺のハーフパンツを穿《は》いた楓の姿は、普段あまり見ないだけに、少しドキッとしてしまう。

「楓がなんだってんだ？」

「え、知らないのか？　天沢《あまさわ》と一ノ瀬、つき合ってるって噂になってんの」

「ええっ⁉」

青天《せいてん》の霹靂《へきれき》だ。そんな話一度も聞いたことがない。

「最近、二人で一緒にいるところがよく目撃されてるんだってよ。まあ二人とも分かりやすい美男美女だからな。目立って噂が広がるのが早いんだろう」

「あ、あくまで噂なんだろ！　ホントかどうかなんてまだ……」

そう言いかけた悠真に、広瀬は哀れみの視線を送る。悠真の肩をポンポンと叩《たた》いて立ち上がった。

「まあ、悠真。どんまい！」

ボールを受け取って選手交代した広瀬の背中を、悠真はただ見送るしかなかった。

◇◇◇

カンッ　カンッ　カンッ

早朝、庭の一角でくぐもった音が響く。

悠真は穴の中で体育座りをし、冷却スプレーで凍らせた金属スライムを恨めし気に金槌《かなづち》で叩いていた。

その様子を、飼い犬のマメゾウは不思議そうに眺めている。

「ルイは〝赤のダンジョン〟で強力な魔物を倒してるのによー。毎日毎日、俺はなんで金属の塊を叩き続けなきゃいけねーんだ⁉」

悠真はハァ～と溜息をつきながら、側《そば》に置いてあったガスバーナーを手に取る。

シュボッと炎を噴射し、金属スライムを炙《あぶ》ったあと、金槌を振り下ろして止《とど》めを刺した。

サラサラと砂になって消えてゆく魔物。

気づけばもう一年以上も続けている地味な魔物討伐。

黒い金属の〝魔鉱石〟はさらに二つ、計三個ドロップしていた。新たに手に入れた二つの魔鉱石も食べてみたが、問題なく体に取り込むことができた。

金属化の効果は十五分ほどに延び、五分ごとに解除することもできる。

相変わらず何の役にも立たないが……。

悠真は穴から這《は》い出して家に戻り、朝食を食べて学校へ行く準備を始める。代わり映えしない毎日。

数ヶ月後に高校の卒業を控え、悠真は大学を受験していた。でも進路は本当にそれでいいのかと日々悩んでいた。

そんなある日、変化は突然起きる。

いつものように穴に向かい、ガスバーナーや冷却スプレーを脇に置いて懐中電灯で中を照らす。毎日行うルーティーン。

もう慣れ過ぎて流れ作業になっていたが、その日はいつもと違った。

「ん？」

金属スライムがキラキラと輝いている。最初は光の反射かと思ったが、そうではない。スライムの色が違っているのだ。

「金色⁉ 金色のスライム？」

目を疑ったが、間違いない。悠真は穴に入り、冷却スプレーを噴射してスライムの動きを止めようとする。

金のスライムはすぐに危険を察知し、ピョンピョンと跳ねて逃げ回る。

「くそ！　すばしっこいな」

心なしか普通の金属スライムより冷却スプレーが効きにくいように感じる。スプレー缶の中身が切れそうになったので悠真《ゆうま》は一旦家に戻り、冷却スプレーとガスボンベのストックを何本も持ってきた。

「絶対倒す！」

明らかに今までの金属スライムとは別のスライムだ。だとしたらドロップする『魔鉱石』も価値がある物かもしれない。

悠真は少し興奮しながら冷却スプレーを両手に持ち、ダブル噴射で金のスライムに吹きかける。さすがに凍ってきたようで、スライムの動きは鈍くなってきた。

完全に止まったところで、悠真は指で突っついてみる。

感触は金属スライムと同じ、カチコチの金属だ。

「――てことは、金色の金属スライムってことか……突然変異かな？」

脇に置いていたガスバーナーも二本取り、ダブルで炎を噴射する。凍っていたスライムは解凍され、慌てて逃げ回る。

もう一度冷却スプレーで凍らせるが、普通の金属スライムよりダメージを受けにくいように感じた。悠真は根気強く冷却と加熱を繰り返す。

なんとか六回目で表面にヒビが入り、七回目で破壊可能なほどボロボロになる。

「やっとか……ボンベ缶、使い過ぎたな」

悠真は金槌を小さく上げ、金色のスライムに振り下ろす。パリンッと粉々に砕け、砂のように舞い散って消えていった。

これは金属スライムと同じだな、と思っていると、スライムが消えた場所になにかある。

懐中電灯で照らし、手に取ってまじまじと見る。

「こ、これ……魔鉱石か⁉　金色の魔鉱石‼」

それは二センチ程度の大きさで、つるつるとした楕円《だえん》形をしている。黒の魔鉱石をそのまま金色にした感じだ。

すぐに家に戻り、自分の部屋で改めて『金の魔鉱石』を眺める。

まず売れるかどうかと思い、すぐにスマホで検索した。

「黒のダンジョン……金、魔鉱石……」

検索してみても特になにも上がってこない。どうやら『黒のダンジョン』で金の魔鉱石が出たことはないようだ。

以前買った〝マナ指数測定器〟を使ってみるが、数値はやはり『ゼロ』。

「これもゼロか、だとしたら使うことはできるな。それにこれが本当に〝金〟なら宝飾店で売ることもできるんじゃ……」

悠真は、ふと時計を見る。もう学校へ行く時間だ。売るか使うかは学校から帰って来から考えるか。

そう思って『金の魔鉱石』を机の引き出しにしまい、支度をして部屋を出た。

この出来事が世界に波紋を広げるとも知らずに。

◇◇◇

イスラエルにある世界最深度のダンジョン【オルフェウス】――

白のダンジョンであるこのオルフェウスは、他のダンジョンとは明らかに違う特徴があった。

調査に入った探索者《シーカー》たちが、中層で文字の書かれた遺跡を見つけたのだ。

その文字は古代エジプトで使われていた聖刻文字《ヒエログリフ》に酷似しており、人類が書き残したものと考えられていた。

文字の解読は研究者によって進められ、一部を除いて大部分の解読に成功する。

書かれていたのは〝魔物〟や〝魔法〟に関すること。

そして古代文明においてダンジョンの影響を受けた人々の様子など、人類の歴史にダンジョンの関与があったことを窺《うかが》わせるものだった。

特に重要な遺跡は、縦三メートル、横二メートルもある大きな石板。

この石板の一番上には六つの鉱石が横一列に並び、その下に十二の鉱石、さらにその下に二十四の鉱石が並んでいた。

鉱石がない石板の下部には、聖刻文字《ヒエログリフ》の文章が書かれている。

国際ダンジョン研究機構の職員たちは、この石板を最も重要な『ダンジョンの遺跡』と考え、いくつもの研究室が入るフロアの、最も目立つ場所に設置していた。

壁に立て掛けられ、強化ガラスで保護されている石板。その前でダンジョン研究の権威、イーサン・ノーブルは不敵に微笑《ほほえ》む。

「本当だったんだね。他の研究者が騒いでたんで何事かと思ったけど」

イーサンの隣に立つ助手のクラークは、石板を見上げながら眉根を寄せる。

「公爵《デューク》が討伐されたのですね。三例目だったはずです。一体誰がやったのでしょうか？」

二人が見上げる先、石板の上から三列目にある二十四の鉱石。その内、赤と青と黒の三つの鉱石が砕けていた。

「今回砕けたのが〝黒の鉱石〟というのがおもしろい」

イーサンは興味深そうに言う。クラークも一つ頷《うなず》いて話を続ける。

「今、世界各国の政府に確認しているそうです。公爵《デューク》を倒したとなれば、それなりの探索者集団《クラン》か軍隊でしょうから」

「フフッ……金にならない黒のダンジョンの、それも深層付近まで潜ったってことだよね？　酔狂な人もいたもんだ」

「黒のダンジョン探索に力を入れているのならば、イギリスの大学でしょうか？」

「確かにあそこは『魔鉱石』の研究を進めているけど、そんなに深く潜れる探索者《シーカー》はいないと思うよ」

「では、他の国ですか？」

「まあ、そうだね。大きな『黒のダンジョン』がある国となると、インド、ロシア、オーストラリアにブラジルかな？」

　イーサンは少し考え、「あーそうそう」と手を叩く。

「確か日本にもあったね。百五十階層を超える『黒のダンジョン』が……でも、あそこは探索が進んでないから可能性は低いかな」

　多くの研究者が石板を見上げて議論している中、イーサンは石板に背を向けて歩き出した。その後をクラークがついていく。

　鼻歌を歌いながら自分の研究室に戻るイーサンを見て、クラークは溜息《ためいき》をついた。

この人にとって公爵《デューク》が討伐されたことなど、大したことではないんだろうと。

二人が去ったあと、巨大な石板は不気味に佇《たたず》んでいた。

オルフェウスの石板――

そこには特殊な魔物が記載されており、強さの序列も示されていた。

上から六体の王《キング》、十二体の君主《ロード》、二十四体の公爵《デューク》。

それらの魔物は研究者の間で『特異な性質の魔物《ユニーク・モンスター》』と呼ばれ、注目されていた。

すでに公爵《デューク》の二体と、君主《ロード》の一体が倒されている。今回の公爵《デューク》討伐は、実に三年ぶりの出来事だった。

国際ダンジョン研究機構や各国政府がこれらの討伐に目を光らせているのには理由がある。

石板に書かれている文章には、以下の記述があったからだ。

『ここに示されている魔物を全て倒した時、人類に大いなる変化が訪れる』と。

その変化が人類にとって良い変化なのか、それとも悪い変化なのかは、一切分かっていない。

しかし、イーサンにすればどちらでもよかった。

彼にとって重要なのは、おもしろい研究ができるかどうか。

ただ、それだけだったからだ。

◇◇◇

悠真は学校から帰ってくると、ベッドに寝そべりながらスマホをいじっていた。

貴金属店のサイトを検索し、掲載されていた番号に電話をかけてみる。

『はい、田辺《たなべ》貴金属店です』

品の良さそうな女性が電話に出た。

「あ、もしもし、あの～金を鑑定してもらいたいんですけど」

『ハイハイ、金の鑑定ですね。売却をご希望ですか？』

「ええ、売れるんなら売りたいと……」

悠真はドロップした〝金の魔鉱石〟を売る気満々だった。マナがゼロなら普通の金属と変わらない。

まだ〝金〟と決まった訳ではないが、重量は二十グラムもあるので純金なら十四万はくだらない。これはきっと神様からの贈り物だ。

悠真はそう考え、すぐにでも換金したかった。

『分かりました。今、金の相場は上がっていますから、売り時だと思いますよ』

「そうですか……それで実際に売るにはどうすればいいですか？」

『お客様の身分証明書と、あとは金の出所が分かる物があれば……ちなみに金に刻印はありますか？』

「刻印？　なんですか、それ？」

『品物の価値を示すマークのようなものです。買い取りをする際は、最初にチェックするのですが』

「それがないと買ってもらえないんですか？」

『いえ、それ以外でも購入履歴が分かる物があれば買い取りはいたします』

「そ、そうですか。ちなみに未成年が一人で売りにいっても大丈夫ですか？」

『未成年ですか……それはさすがにダメですね。保護者の方の同意が必要になりますし、確認するためには一緒に来店していただくしか……』

「で、ですよね～」

悠真は「親に相談してみます」と言って電話を切った。

「やっぱり、そうだよな」

がっかりして肩を落とす。親に金を売りたいなんて言ったら「そんな物、どこから持ってきたの⁉」と問い詰められそうだ。

なにより魔物からドロップした金に『刻印』や『証明書』などあるはずがない。

売るのは現実的に無理か〜と嘆息する。

悠真《ゆうま》は机の上に置いてある〝金の魔鉱石〟に目を移した。

「使ってみるか……どんな能力があるのか分からないけど」

マナ指数が〝黒の魔鉱石〟と同じくゼロなら、使うことはできるはずだ。

悠真はウェットティッシュを手に取ると、魔鉱石を丁寧に拭いた。万が一、体に取り込めなかったとしても便になって出てくるだけだ。

「よし！」と覚悟を決め、口に含んでペットボトルのお茶で流し込む。

ゴクンと飲んでしばらく待った。

「だ、大丈夫だよな？」

黒の魔鉱石が使えることは分かってるが、金の魔鉱石は今日初めて飲んだ。

体に害はないだろうけど、やっぱり心配になる。まさか金ピカの体になったりしないよな？

そんなことを考えていると、腹部が熱くなってくる。

「来た来た！　この感覚‼」

全身を駆け巡る電流のような刺激。意識がふわりと遠のいてゆく。

魔鉱石を取り込んだ時に起こる変化は、もう何度も経験している。今回も体に取り込んだのは間違いない。

不思議な感覚が収まると、悠真は手や体を見回す。

「特に変化は……ないな。『金属化』したらなにか変わるのかな？」

悠真は全身に力を入れ、変われ！　変われ！　と念じてみる。

すると体が黒くなり、いつものように金属化はしたが、それ以上なにも起こらなかった。

これは黒の魔鉱石の効果だ。

「おかしいな。どんな変化が起こったのか分からないぞ」

その後も色々試してみるが、やはりなに一つ分からない。

「なんだよ……これなら売る方法考えた方が良かったな」

悠真は少し後悔して、その日は眠りに就いた。

翌日――

気だるそうに庭に向かい、マメゾウの頭を撫《な》でてから金属スライムを倒す。

一晩寝ても『金の魔鉱石』に効果がなかったことがショックで、悠真は落ち込んでいた。

ハァ～と息を漏らし、穴から出ようとした時、黒の魔鉱石があることに気づく。

「あ！　ドロップしてたのか」

二ヶ月ぶりだな、と思いながら魔鉱石を拾い上げ、自分の部屋へと戻った。

その翌日も金属スライムを倒すと、またも魔鉱石が落ちている。二日連続でドロップしたのは初めてだったため、悠真はかなり驚いた。

さらに翌日、また魔鉱石がドロップする。

さすがにおかしい……これは明らかな異常事態だ。悠真は自分が飲み込んだ金の魔鉱石を思い起こす。

「まさか……」

◇◇◇

三日連続で魔鉱石がドロップしたあと、悠真はさらに二日様子を見た。

結果は予想通り、金属スライムから連続で魔鉱石がドロップする。

間違いない――

「あの〝金の魔鉱石〟はドロップ率を100％にできるのかもしれない。『運』の要素に作用してるのかな？　よく分からないが、凄《すご》いぞコレ！」

だが問題もある。この効果が魔鉱石だけなのか、あるいは魔宝石もドロップさせる効果があるのか分からないということだ。

魔宝石は売れば金になる。

もし魔宝石のドロップ率も100％にできるなら、いくらでも稼ぐことができる。

だとしたら、ルイが手に入れたって言う〝魔宝石〟より凄いものかもしれない。

悠真はかつてないほど興奮していた。

明日は土曜で学校は休みだし、調べるとしたら――

「あそこしかないな」

◇◇◇

武蔵野《むさしの》にある『青のダンジョン』。

その一階層に、悠真の姿があった。今回は持参した金槌《かなづち》と、魔宝石を入れるためのリュックサックを背負って準備は万端だ。

相変わらず人はたくさんいるが、悠真は気にせずスライムを探すことにした。

五分ほどで一匹目が見つかる。プルプルと震える普通のスライム。

もはやスライム自体がお宝に見えてきた。

悠真が満面の笑みで近づくと、スライムは急に逃げ出した。しかし動きが遅いので捕まえるのは簡単だ。悠真は震えるスライムの体を押さえつけ、金槌を振り下ろす。

小一時間で三匹のスライムを討伐した。その結果ドロップした魔宝石は――

ゼロ！

一つの魔宝石も落とさなかった。

やっぱりダメだったか……。

悠真はがっかりしてダンジョンにある岩に座り、呆然《ぼうぜん》とする。期待していただけにショックは大きかった。

青い顔をしていたせいか、周りにいた人が心配そうに見つめてくる。

希望が泡のように消えていく。

〝金の魔鉱石〟の効果の対象になるのは魔鉱石のみ。すなわち『黒のダンジョン』でしか使えない能力。恐らく、それで間違いないだろう。

利益にならない〝魔鉱石〟など、いくらドロップしても意味がない。

体を硬くする〝黒い魔鉱石〟も、何個かあれば充分だ。悠真は蒼白《そうはく》な顔を上げ、辺りを見回す。

楽しそうにスライムを倒す親子や、イチャイチャとくっつきながらダンジョンを回るカップル。目に映る何もかもが恨めしく思えた。

周りから褒められるルイを見て嫉妬していた。羨ましかった。

もし、〝魔宝石〟が１００％ドロップするなんて夢のような力が手に入ったら、ルイに追いつけると思ったのに。

やっぱり、ずっと努力していたルイと肩を並べようとすること自体、おこがましいのだろうか。

悠真はヨロヨロと立ち上がり、もう二匹スライムを倒したが、やはり〝魔宝石〟はドロップしなかった。

クソ！　クソ！　クソ！　役に立たない魔鉱石め！　そう悪態をつきながら、悠真がトボトボと帰ろうとすると、思いがけず声をかけられた。

「あれ？　悠真」

「え？」

振り向くと、そこにいたのは楓《かえで》だった。高校の女友達と一緒に来ていたようだ。

「なにしてるの、ここで？」

「いや、こっちのセリフだよ。そっちこそなにしてんだ？」

「私たちは遊びに来てるんだよ。宝石が欲しくてここに来る女の子とか多いんだよ」

「そうなのか⁉」

意外だ。こんな洞窟が女子高生に人気だなんて。

「悠真はどうしているの？　一人？」

「え？　うん、まあ……」

楓の友達が怪訝《けげん》な顔でこちらを見ている。やはり、男一人で来るのはおかしいんだろうか？

「いや、ちょっとあれだ。ここ、家からもそんなに遠くないしさ。一回くらい来てみようと思って」

「そうなんだ」

「楓は何回も来たことあるのか？」

「うん、あるよ。青のダンジョンは四回目かな。人工ダンジョンにも入ったことあるし」

「人工ダンジョン？」

初めて聞く単語に、悠真は眉根を寄せる。

「知らない？　世田谷《せたがや》にある探索者《シーカー》育成機関の施設で、人工的にダンジョンを再現してるんだよ。年に数回だけ、一般にも開放されるの」

楓は「おもしろかったよね～」と言って友達に同意を求める。友達の方も「確かにおもしろかった」と笑っていた。

そんな施設があること自体知らなかった。それにしても詳し過ぎないだろうか？　もし

かしてルイの影響なのでは⁉

そう考えた悠真は恐る恐る口を開く。

「ダ、ダンジョンなんて魔物が出るし、気持ち悪くないのか？」

「え？　スライムとか、かわいいじゃない。女子高生の間じゃ人気だよ。グッズとかもいっぱい売ってるし」

「グッズ？　そんなもんまであんのか⁉」

かわいいの概念が分からん。スライムってかわいいのか？

戸惑う悠真だったが、友達と笑い合う楓を見ていると、さっきまでささくれていた気持ちが少しだけ和らぐ。

それでもショックからは、とうぶん立ち直れそうにない。

「じゃあ、俺は帰るから……せいぜい楽しんで」

「もう帰るの？」

「ああ、疲れたんだ。色々と」

悠真はぐったりした表情で『青のダンジョン』を後にした。

◇◇◇

「はあ〜」

庭にあるダンジョンの中、悠真《ゆうま》は目の前に転がる〝黒の魔鉱石〟を見つめていた。

大きな溜息《ためいき》をつき、うんざりした気持ちになる。

青のダンジョンで絶望した翌日からも、魔鉱石は連続でドロップしていた。

「さすがに、もういらないよ」

力なく漏らす言葉に、マメゾウだけが「くぅ〜ん」と応えてくれる。

悠真は雑に魔鉱石を拾い上げ、台所に行って水で洗い、そのまま口に含んで飲み込んだ。もはやサプリ感覚だ。

計十四個の魔鉱石を体に取り込んだ悠真は、最大一時間十分〝金属化〟を維持できるようになっていた。

長く維持できるのはいいが、やはり使い道は思いつかない。

自分の部屋に戻り、学校へ行く準備を始める。楓から聞いた話では、ルイは高校を卒業したら、すぐに国の機関に入って探索者《シーカー》になるための研修を受けるらしい。

その研修を終えて〝探索者《シーカー》〟として大手の企業で活躍できるようになれば、年収数千万も夢ではないとか。

悠真も受験した大学に受かってはいたが、誰もが認める三流大学。卒業してもいい企業に就職できる可能性はかなり低い。

なにより親に勧められての進学。あまり気乗りはしなかった。

将来に悲観的な悠真。

将来に希望が広がるルイ。


この差はどこで生まれたんだろう？　そんなことを悶々《もんもん》と考えながら、悠真は家を出て学校へと向かった。

◇◇◇

雨がパラパラと落ちてくる。

朝、傘を差して、悠真はいつものように穴へと赴く。

雨の日のスライム討伐は最悪だが、一ついいこともある。不思議なことに、穴の中に雨は入ってこない。

まるで見えないバリアーが張られて、雨から守られているようだ。

この不思議な現象が雨の日で唯一の救いだった。

傘を開いたまま穴の横に置き、その下にガスバーナーや冷却スプレーを並べ、穴へと下りる。悠真は懐中電灯のスイッチを入れて穴の奥を照らす。

するとは違和感を覚えた。

「あっ！」

金色のスライムを見つけた時以来の衝撃。

目の前にいるのは真っ赤なスライム。いや、よく見ればメタルレッドだろうか。

まるで金属スライムがグレて攻撃的になったような色だ。

「こいつらカラーバリエーションがあるのか⁉」

悠真が訝《いぶか》しんでいると、メタルレッドのスライムは突然動きだした。ピョンピョンと跳びながらジグザグに移動して襲いかかってくる。

金属スライムも速かったが、メタルレッドのスライムはもっと速い。

「うわっ！　待て待て‼」

悠真は慌てて穴から飛び出した。雨に打たれながら穴を見下ろすと、メタルレッドのスライムは「下りて来い！」と言わんばかりに体をうねらせていた。

「なんだコイツ⁉　メチャクチャ好戦的だな」

意表を突かれて驚いた悠真だが、毎日倒している金属スライムに喧嘩《けんか》を売られたようで腹が立ってきた。

「この野郎！　やるってんなら、やってやる‼」

悠真はフンッと全身に力を込める。手や顔に黒いアザが広がり、数秒でメタリックなボディが完成する。

金属化――　悠真が使える唯一の能力だ。

以前は体が硬くなるだけだったが、黒の魔鉱石を何個も飲み込んだ結果、徐々に変化が表れていた。金属化すると少しだけ体が大きくなり、手や頭にゴツゴツした突起物が浮き上がってくる。

心なしか力も強くなった感じはするが、着ている服が破れそうになるので、正直この姿にはなりたくない。しかし相手が喧嘩を売ってくるなら話は別だ。

冷却スプレーとガスバーナーを手に取り、再び穴へと飛び込む。メタルレッドのスライムはすぐに襲いかかってきた。

足や膝、腹や腕に物凄《ものすご》いパワーで何回も体当たりしてくるが、キンッキンッキンッと金属音が鳴り響くだけで痛くも痒《かゆ》くもない。

悠真は涼しい顔で攻撃してくるスライムを見ていた。

「ハハハ、全然痛くねーぞ！　この体になったら物理攻撃は効かねーからな」

冷却スプレーのノズルをスライムに向け噴射する。メタルレッドのスライムは警戒して逃げ回っていたが徐々に動きがノロくなり、一分ほどで動きを止めた。

「よしよし、後はガスバーナーで……」

トリガーを引いて点火し、スライムを炙《あぶ》ってゆく。だが、すぐに異変に気づいた。

「あれ？　なんかおかしいぞ」

いつもなら凍った体が解凍された後、熱で赤く輝きだすが、今回は霜が溶けただけで発熱している様子がない。スライムはまた動きだした。

赤いから分かりにくいのか？　と思い、もう一度冷却スプレーを噴射する。すると数十秒で動きが鈍くなり、凍り始めた。

「おかしいな」悠真は顔をしかめて呟《つぶや》く。

ガスバーナーで炙った金属スライムを再び凍らせようとした場合、熱を持っているので簡単には凍らない。それなのにすぐ凍ったということは……。

「熱せられてない⁉　炎が効かないってことか？」

色が違うのだから特殊な能力を持っていてもおかしくない。だとしても炎が効かないのは厄介だ。

何回か冷却と加熱を繰り返すが、やはり炎は効いていない。

悠真は少し考えてから一旦家に戻り、スマホで金属の壊し方を改めて検索する。

いくつか出てきたウェブサイトをスクロールして見ていると、その内の一つに『金属を錆《さ》びさせる方法』との文言があった。

「錆びさせる……なるほど」

タップして内容を確認する。特定の洗剤や漂白剤を使うと金属の表面に赤錆《あかさび》が広がると書いてある。

「表面を変質させるのか……でも、できるかな？」

半信半疑だったが、表面が錆びれば火が効くようになるかもしれない。悠真はやるだけやってみようと考えた。

幸い今日は休日だし、両親は午前中から出かけると聞いている。

窓から外を見れば、雨はいつの間にか止《や》んでいた。今のうちに、と思い悠真はさっそくマメゾウを散歩に連れ出し、その足で薬局に向かった。

店に到着した悠真は、マメゾウを外の鉄柵につなぎ、店に入って色々な商品が置かれた棚から目的の物を手に取る。

買い物を済ませて家に帰ると、すでに両親は出かけていた。

「よし……これで心置きなく作業ができるな」

穴の横にバケツを置き、薬局で買ってきた酸性の洗剤を入れる。

かなりの臭いが辺りに漂う。悠真はゴム手袋とマスクをし、マメゾウを安全な場所まで避難させる。

「ふんっ！」と体に力を込め、〝金属化〟してから穴に下りた。メタルレッドのスライムは稲妻の如《ごと》き速さで悠真に襲いかかる。

体にぶつかっても痛みはないが、あまりの勢いで仰《の》け反ってしまう。

「くそっ！　調子に乗りやがって」

冷却スプレーを両手に持ち、ダブル噴射でスライムの動きを止める。カチコチになったのを確認してから、外に用意していたバケツを穴の中に置いた。

スライムを穴の外に連れ出すことも考えたが、逃げられたら大変だ。安全を期して、全ての作業を穴の中で行うことにした。

「本当に効くのかな？」

若干疑いつつ、バケツの中に凍ったスライムを入れて、コロコロと回す。

しばらく洗剤に浸し、その後取り出して地面に放置する。解凍されてスライムが動きだせば、再び冷却スプレーで凍らせる。

簡単に錆びるとは思えないが、金属スライムが間接攻撃に弱いのは間違いない。

もしかすると普通の鉄より錆びやすいんじゃないか？　悠真はそんな期待を込め、四時間。計二十回、『洗剤』『コロコロ』『放置』を繰り返した。

「う～～ん、錆びてんのか、コレ⁉　元が赤いからよく分からないな」

疑っていたが、以前より色がくすんでいるようにも見える。

試してみるか。とバーナーを手に取り、再び『金属化』してから凍ったスライムを炙ってみる。すると——

「あっ！」

スライムの体が赤く輝いた。発熱してる証拠だ。動きだしたスライムはすぐに悠真から離れ、稲妻のような速度で攻撃してきた。

向かってくるメタルレッドのスライムの猛攻に耐えながら、穴の外に用意した冷却スプレーを手に取る。

スプレーを吹きかけまくり、冷却とガスバーナーによる加熱を何度も行う。

長期戦を覚悟して繰り返すこと十六回。

「しんどいな……これでどうだ！」

バーナーで炙ると、ピシッとスライムの表面に亀裂が走った。

——が、まだ浅い。

悠真がさらに『冷却・加熱』を三回繰り返すと、さすがにメタルレッドスライムの表面はボロボロになった。

「そろそろいいだろう」

悠真《ゆうま》は拳を握り込み、鋼鉄のパンチをスライムに叩《たた》き込む。パリンッ——と甲高い音を立て、メタルレッドの体は粉々に砕け散った。

「ふー、手こずったなー」

悠真が懐中電灯で穴の中を照らすと、そこには赤く輝く石が落ちていた。

「やっぱり『黒のダンジョン』でのドロップ率は100%だな」

赤い魔鉱石を拾い上げ、まじまじと見つめる。形や重さはいつもの黒い魔鉱石と同じだが、色は鮮やかなメタルレッド。

宝石ではないが、ちょっと綺麗《きれい》だなと思ってしまう。

大量のスプレー缶を片付け、悠真は自分の部屋へと戻る。

「さて、こいつをどうしたものか……」

悠真は、机の上に置かれた〝赤い魔鉱石〟を見つめて腕を組む。

どうせ売れないのは分かっているため、自分で使おうと考えていた。

窓の外に視線を移すと、日が傾き、斜陽に照らされた家の影が伸びる。結局まる一日、変なスライムに掛かり切りだったなと悠真は溜息《ためいき》をつく。

「問題はどんな能力かってことだよな」

金の魔鉱石と同じように、きっと特殊な能力が身に付くんだろう。特に体に害はないと思うが……。

金の魔鉱石は『黒のダンジョン』のドロップ率を100％にするものだった。

赤い魔鉱石だったら『赤のダンジョン』のドロップ率を100％にできてもおかしくはない。

赤い魔宝石は取引価格も高いから、そうだったらありがたい。

だが悠真は恐らく違うだろうと思っていた。魔物からドロップしたものは、魔物の特徴を色濃く反映すると言われている。

だとしたら――

悠真は〝赤の魔鉱石〟をウェットティッシュでよく拭いてから口に入れ、水道水で流し込んだ。

熱が全身を巡るような感覚。問題なく取り込めたようだ。

体を見回すが変化はない。

「やっぱりあれかな」

悠真はガスバーナーを取り出す。左腕の袖をまくってから、右手に持ったバーナーに火を灯《とも》す。

噴き出す炎をゆっくりと左腕に近づけていくと。

「熱《あ》っつ‼」

自分でやってビックリした。普通に熱い。

「あれ？　違ったかな」

メタルレッドのスライムは火に強かったため、もしかしたら火に対する耐性があるのかと悠真は考えていたのだが……。

「もしかして」

悠真は体に力を入れ〝金属化〟の能力を発動する。心なしか、さらに体が大きくなった気がする。

「取り込んだ魔鉱石によって体形が変わるのかな？」

よく分からなかったが、まあいいかと思い、もう一度ガスバーナーを点火して黒くなった自分の腕に近づける。すると――

「あ！　熱くないぞ‼」

噴射する炎で、いくら腕を炙っても熱くも何ともない。予想通り『火耐性』のある金属スライムの能力だ。

「〝火〟は金属の弱点だからな。弱点がなくなるのはいい」

金属化しなければ効果は出ないし、そもそもどこで役に立つのかは分からないが、悠真はご機嫌になる。

しかし分からないこともあった。

これが火に対する〝耐性〟なのか、それとも〝無効〟なのかということだ。

「これ、調べようがないよな」

まあ、どっちでもいいか。と悠真は考え、風呂《ふろ》に入ることにした。

戦う訳でも、ダンジョンに入る訳でもない自分にとっては、さして重要な問題でもない。

その日は特に何事もなく、静かに夜は深まっていった。

◇◇◇

翌日、昨日とは打って変わって快晴の下、悠真は庭の穴へと向かう。

鳴き声を上げているマメゾウの頭を撫《な》で、スプレー缶を地面に並べてから、穴の中を懐中電灯で照らす。

いつも通り金属スライムがそこにいたが、悠真は顔をしかめる。

「こいつは……」

それは青いスライムだった。表面がキラキラと光を反射する〝メタルブルー〟の鮮やかな色。うねうねと体をくねらせ、臨戦態勢に入っている。

「おいおい、またかよ。二日連続じゃねーか！」

今度はどんな能力だ？　と思いながら、取りあえず距離を保ちつつ冷却スプレーを噴射してみる。

だが、いくら冷気を吹きかけても〝メタルブルーのスライム〟が止まる気配はない。

「まさかこいつ……『冷気耐性』があるのか⁉」

悠真は頭を抱えた。昨日出たメタルレッドのスライムが『火耐性』を持っているなら、このメタルブルーのスライムが『冷気耐性』を持っていても不思議ではない。

だが冷気が効かないとなれば冷却スプレーで動きを止めることはできない。

それは炎が効かないことより厄介だ。

「うーん、どうしよう」

悠真は取りあえず〝金属化〟して、穴に入ってみる。メタルブルーのスライムはすぐさま飛びかかってきた。

キーンッと鳴り響く金属音。やはり『色付き』は攻撃的なようだ。

ガスバーナーで炙《あぶ》ろうとすると、全力で逃げ回る。

「やっぱり炎は嫌がるな」

悠真は一旦穴の外に出る。冷却できない以上、炎を当てることができない。

だが、こいつを倒すには〝炎〟の力が絶対に必要だ。

「ちょっと大掛かりになるけど、やってみるか」

〝金属化〟してから五分が経《た》ち、元の体に戻った悠真は家に入ってバケツに水を張り持ってくる。穴の周りに水を撒《ま》き、火が広がらないようにした。

そして物置から冬に使っていた灯油を持ってくる。

「頼むぞ～、これでダメなら打つ手がないからな」

マメゾウを安全な場所まで避難させてから、穴に灯油を流し込む。メタルブルーのスライムは流れ込んできた液体に戸惑っているようだ。

かなりの量を流し込み、よく燃やすために新聞紙を投げ入れた。

悠真は持ってきたライターで紙に火をつけ、穴の中へ放り込む。

ひらひらと揺れるように落ちていく紙が穴の底につくと、火は一気に燃え広がった。穴は炎で覆われ、火柱が立ち上る。

煙も出てくるため、悠真は親にバレないかドキドキした。

穴の中にいるスライムは逃げ惑うも、地上に出ることはできない。

そのまま炎に包まれてゆく。

十分後――

炎が収まったので穴の中を覗《のぞ》くと、黒く焦げた地面の片隅にスライムはいた。

形が崩れ、表面はボロボロになっているように見える。

悠真は穴に入り、身を屈《かが》めて持っていた金槌《かなづち》を振り下ろす。メタルブルーのスライムは粉々に砕け散り、砂となって消えていった。

「ふー、なんとか倒せた」

見ればスライムがいた場所に青い石が落ちている。悠真はその石を拾い上げようとするが、まだ熱くて持てない。

袖を使って摘まみ上げ、煤《すす》を払うと鮮やかなメタリックブルーの色が目についた。

悠真はすぐに台所に行き、〝青い魔鉱石〟を水で洗い、冷ましてから飲み込んだ。

「効果は大体想像できるよな」

マメゾウを庭に戻し、ガスバーナーなどの道具を片付けたあと、悠真は自分の部屋に戻って金属化の能力を発動する。

真っ黒になった腕に、冷却スプレーを吹きかけた。

「やっぱり、まったく冷たくないぞ！」

腕に冷気は感じなかった。これで冷気に対する耐性も得たことになる。

金属の弱点である炎と冷気、この二つを克服できたのなら金属化している間はほぼ無敵じゃないのか？

そんなことを考えながら悠真は学校に行く支度をする。

メタルブルーのスライムを倒すのに時間がかかったせいで、早くしないと遅刻しそうだ。

二日連続で『色付き』が出てきたなら明日も出てくるかもしれない。悠真はそんな期待を抱きながら家を出た。

◇◇◇

学校の昼休み。昼食を終えた悠真は、三組の教室の前をウロウロしていた。

ここはルイと楓《かえで》がいる教室だ。悠真は一組のため、普段二人には会わないし、わざわざクラスを訪ねることもないのだが、

「なにしてるの？」

「わっ⁉　ビックリした」

後ろから声をかけてきたのは楓だった。いきなりだったため、思いのほか驚いてしまう。

「い、いや……あ、あれだよ。ルイが卒業したら国の育成機関、ＳＴＩだっけ？　そこに行くって言ってたろ？　だから、今の時期はなにやってんのかと思ってさ」

大嘘《おおうそ》だ。ルイと楓がつき合っていると聞いてから、気になって仕方なかった。

「ああ、ルイね。みんなは大学受験が終わってるけど、ルイはＳＴＩに行くための勉強を一人でしてるよ。ほら」

楓が指差す先、教室の後ろの方に座るルイは、静かに本のページを捲《めく》っていた。

「探索者《シーカー》の育成機関に行くんなら、勉強なんて必要ないんじゃないのか？」

「う～ん、そうでもないらしいよ。ＳＴＩに入ってもダンジョンや、それに関連する法律なんかを学ぶんだって」

「そうなのか？　なんか面倒くさそうだな」

悠真《ゆうま》が「はは」と笑うと、楓が真剣な眼差《まなざ》しで見つめてきた。色素の薄い茶色の瞳で見据えられると、一瞬たじろいでしまう。

「実は悠真に話してないことがあって」

「え？　な、なんだよ」

嫌な汗が滲《にじ》み出る。まさかルイとつき合ってるなんて告白を、ここでされるのか？

悠真はゴクリと喉を鳴らし、楓が話すのを待った。

「実は私……卒業したらルイが行くＳＴＩに、一緒に入ろうと思ってるんだ」

「へ？」

素っ頓狂な声が漏れる。――ルイと同じＳＴＩに行く？　楓が？

「お、お前、看護学校に行くって言ってなかったっけ？」

楓は昔から人を助ける仕事に就くのが夢だと話していた。それなのにどうして？

「そうなんだけど、ルイと話す内に考え方も変わってきて、もしなれるなら『救世主《メサイア》』になりたいんだよね」

「救世主《メサイア》？」

詳しくは知らないが、聞いたことはある。『白の魔宝石』を体に取り込み、回復魔法を使えるようになった人間のことだ。だけど――

「確か救世主《メサイア》って、探索者《シーカー》より育成が大変で、簡単にはなれないって言われてなかったっけ？」

攻撃魔法を使える探索者《シーカー》は自分で魔物を倒して成長することができるが、救世主《メサイア》はサポートがないと成長することができない。以前見たテレビでそんなことを言っていた記憶がある。

「うん、そうみたい。だから才能がないと育成対象にならないんだって」

「だ、だったら――」

なれるはずがない。悠真はそう思ったが、楓から予想外の言葉が返ってきた。

「この前……私に才能があるか検査してもらったの」

「え？　……検査？」

キョトンとした顔になる。楓がなにを言っているのか分からなかった。

「ルイにね、私が救世主《メサイア》に興味があるって言ったら、エルシード社に石川《いしかわ》さんって知り合いがいるから話してみるって言ってくれて」

「エルシード社に知り合い？」

例の千四百万の魔宝石の関係か、と悠真は思い当たる。

「そしたら石川さんから『簡単な検査ならできる』って言われて、世田谷《せたがや》にあるＳＴＩの施設でマナの測定をしてもらったの」

「え⁉　でもマナって魔物を倒さないと獲得できないんだろ？」

「うん、でもＳＴＩには〝人工ダンジョン〟があるから、弱い魔物を安全に倒すことができるんだよ」

「人工ダンジョン？　前にもそんなこと言ってたな……それで、マナはあったのか？」

「うん……石川さんが言うには悪くない数値だって。正確な才能はＳＴＩに入所してからじゃないと分からないみたいだけど、見込みは充分あるらしいの」

「へ、へ～そうなんだ」

「悠真も知っての通り、うちは母子家庭だから……早く社会人になって家計を支えたいんだよね。だから、試すだけ試してみようと思って」

「そうか……」

楓がルイと話をしてるって、そのことだったのか。二人がつき合っているかも、と疑っていた悠真はホッと安堵《あんど》するが、同時に二人の繋《つな》がりの強さを感じてしまう。

――俺だけ蚊帳《かや》の外か……。

◇◇◇

悠真は家に帰るとベッドの上で横になり、天井の染《し》みをボーッと眺めていた。

ルイは探索者《シーカー》になる。あいつならなれるだろう。

楓は救世主《メサイア》を目指してる。本当になれるかもしれない。

――それに比べて俺は……。

言いようのない虚無感。自分だけ明確な目標がなく、やりたいこともない。すでに合格した大学に行こうと思ってるが、そこでなにかを見つけられる自信もない。

「俺も……なにか夢中で目指せるものがあったらな」

その日はモヤモヤした気持ちのまま眠りに就いた。

そして翌朝――

悠真が重い足取りで庭に行くと、穴から距離を置くマメゾウが見えた。

メタルレッドとメタルブルーの金属スライムがいた時と同じ反応だ。悠真は穴の奥を懐中電灯で照らす。

「やっぱりいやがったな」

鮮やかなメタルグリーンの体表。光を反射してキラキラと輝いているが、暗い穴の中で蠢《うごめ》いていると、その輝きがかえって不気味に見える。

いくつも持ってきたスプレー缶を穴の横に並べ、『金属化』して中へと下りる。

金属化すると以前よりもさらに体が大きくなったようで、穴の中では動きにくい。まあ、仕方ないかと割り切っていつものルーティーンを繰り返す。

かなり苦戦はしたものの、なんとか倒し、メタルグリーンの魔鉱石を手に入れた。こいつには普通に〝火〟と〝冷気〟は通じるようだ。

そして翌日も、同じ『色付き』が出てきた。

今度はメタルイエロー。一瞬、金色のスライムかと思ったが、どうやら違うようだ。

色合いもそうだが、実際戦うと明らかに〝金色のスライム〟より強い。連日出現している赤・青・緑のスライムと同じくらいの強さだ。

ガスバーナーと冷却スプレーを何本も使い、時間をかけてなんとか倒した。

悠真は足元に転がる魔鉱石を拾い上げ、へとへとになって自分の部屋へと戻る。

「ふ～、さて……と」

引き出しから、昨日手に入れたメタルグリーンの魔鉱石を取り出す。

悠真は緑と黄色、二つの魔鉱石をまとめて調べることにした。

「取りあえず飲んでみるか」

台所に行き、コップに水を入れてまずはメタルグリーンの魔鉱石から飲み込む。

かなり激しい熱が全身を駆け巡るが、もう慣れたものだ。熱が収まると、次はメタルイエローの魔鉱石を口の中へ放り込む。

ゴクリと飲み込むと、同じように熱が体を駆け巡った。

落ち着いてきたのを確認してから自分の部屋へと戻る。

「よし！　まずは『金属化』して……」

最近は体が大きくなって服が破れてしまうため、服を脱いで裸になる。フンッと力を入れ、全身を黒く染めた。

筋肉が盛り上がり、体が鋼鉄の鎧《よろい》に覆われていく。髪は兜《かぶと》のような形に変わって、額からは一本の角が伸びる。剣にも見える鋭い角だ。

壁に掛かっている鏡に、自分の姿を映す。

「おいおい……完全に〝黒い魔物〟じゃねーか！」

体は一層大きくなり、歯もキバに見える。『色付き』の魔鉱石を飲み込んだせいで、見た目がより変化したようだ。

「まあ、金属化が解ければ元に戻るし……別にいいか」

あとは能力の検証だが、それは学校から帰ってきてからにしよう。と考え、支度をしてから家を出た。

◇◇◇

学校からの帰り道。悠真はスマホで検索しながら歩いていた。

「うーん、やっぱりこれだよな」

表示されていたのはダンジョンの特性を解説したサイトだ。六つのダンジョンと、それぞれで産出される〝魔宝石〟がまとめてある。

白のダンジョン（白色、もしくは透明な魔宝石が産出され、回復の魔法が使える）

赤のダンジョン（赤色の魔宝石が産出され、火の魔法が使える）

青のダンジョン（青色の魔宝石が産出され、水の魔法が使える）
黄のダンジョン（黄色の魔宝石が産出され、雷の魔法が使える）
緑のダンジョン（緑色の魔宝石が産出され、風の魔法が使える）
黒のダンジョン（魔鉱石が産出され、身体強化？　の能力が使える）

これらのダンジョンの特徴と、ここ最近出てきた『色付き』の魔鉱石を考えるなら、赤は『火耐性』、青は『水耐性』。

そして黄色は『雷耐性』、緑は『風耐性』じゃないだろうか？

たぶん間違いないと思うが、確かめてみないと何とも言えない。

悠真は家に帰って制服から私服に着替え、自転車に乗って出かけた。

行き先はマナ指数測定器を買った大型家電量販店だ。

量販店の駐輪場の一角に自転車を停《と》め、階段を駆け上がって『ダンジョン関連』のコーナーに行く。

色々並んでいる中、目に留まったのはスタンガンや電磁警棒だ。

お試しはできないようなので買うしかない。

高い物は数万円もするが、一番安いスタンガンは四千九百八十円の物がある。安いとはいえ五千円の出費はなかなか痛い。「まあ、仕方ないか」と諦め、手に取った。

スタンガンを買って家に戻り、箱を開けて長方形の大きな電池をセットする。

「これで使えるはずだ」

スイッチを押すと、パチパチと細い電気が迸《ほとばし》る。

悠真《ゆうま》は服を脱いでから体に力を込め〝金属化〟して左腕の袖をまくった。右手に持ったスタンガンを近づける。

金属なら電気は通るはずだ。

少しビビりながら、スタンガンを腕に押し付けた。

「う！　痛……くない？　大丈夫だ！」

思った通り電気をまったく通していない。『雷耐性』ができたんだ。

悠真は自分の予想が当たったことに喜ぶ。だとすれば緑の魔鉱石は『風耐性』で間違いないだろう。

凄《すご》い風魔法の使い手になると鋼鉄を真っ二つに切り裂くと聞く。そうなると風魔法が一番怖いかもしれない。

悠真はぶるぶると体を震わせる。

もっとも、風魔法に関しては試しようがないが。

「とにかくこれで攻撃魔法『火』『水』『雷』『風』、四つ全部の耐性を手に入れたってことだろ！　これ、結構スゴいことじゃないのか⁉」

悠真は興奮して喜ぶが、すぐに気がつく。

そんな能力があっても、日常生活でなんの役にも立たないことを。

◇◇◇

国際ダンジョン研究機構において、主任研究員たちによる緊急会議が行われていた。

参加していたのはアメリカの物理学者ジェームス・ブライト、エジプトの考古学者アフマド・ターヒル、中国の生物学者李皓然《リ・ハオラン》。

そしてイーサン・ノーブルと他六名の学者、計十名。

大きな円卓を囲む形で席に着く。

それぞれが独立してダンジョン研究を進めているため、月一回行われる定例会議以外で全員が顔を合わせるのは極めて異例だ。

会議を取り仕切る議長、イスラエルの上席研究員マヤ・ベルガーが口を開く。

「みなさん、急にお集まりいただき申し訳ありません。もうご存じだと思いますが、前例のない大変な事態が発生しました」

マヤは品の良い高齢の女性で、その言葉遣いや立ち居振る舞いは淑女と呼ぶに相応《ふさわ》しい。

その彼女が言った言葉の意味を誰もが理解していた。それはここ数日、ずっと話題になっていた出来事だからだ。

イーサンは配られた資料に目を落とす。

そこには『オルフェウスの石板』に四日連続で起きた異変について書かれていた。

「四体の君主《ロード》が立て続けに倒されるなど、信じられないことです」

マヤは額に手を当て、困惑した表情を浮かべる。

君主《ロード》は〝超常の魔物〟と呼ばれる存在で、ＩＤＲが公表する魔物のランクでは上から二番目に危険とされていた。

「確かに大きな問題だ。だが、それ以上に問題なのは――」

大きな声を上げたのはアメリカの学者ジェームスだ。がっしりとした体格の男で、研究者の中でも気性が荒く、ずけずけと物を言う。

「未《いま》だに情報が上がってきてないことだ！　どこかの国が大規模な探索を行ってるんじゃないのか⁉」

ジェームスは中国の学者、李皓然《リ・ハオラン》を睨《にら》みつける。

その視線に気づいた皓然《ハオラン》は、不愉快そうにメガネを押し上げジェームスを睨み返す。

「変な勘繰りはやめてもらおう。我が国は全ての情報をＩＤＲに上げている。国際協調路線を取っているんだ。情報を秘匿したりはしない！」

それを聞いたジェームスは、フンッと鼻を鳴らす。

腕を組み睨み合う両者によって、険悪な空気が辺りに漂う。そんな二人の間に入ったのはエジプトの考古学者アフマドだ。

「まあまあ、そうカッカしないで。それより不思議ですな。赤・青・黄・緑の鉱石が四日連続で一つずつ割れたということは、四つのダンジョンをほぼ同時に攻略したということでしょう？　どうしてそんなことをしたんですかね？」

ジェームスは軽く笑ってアフマドを見る。

「理由は分からんが、そんなことができるほどの探索者《シーカー》がいるのはアメリカと中国ぐらいだ。アメリカでない以上、中国しかありえんと思うがな」

その言葉に、皓然《ハオラン》もピクリと眉を動かす。

「アメリカが関与していないと言い切れるんですか？　情報の隠ぺいはお手のものでしょう！」

「なんだと‼」

激高するジェームスを周りにいる学者たちが必死に宥《なだ》める。

会議場が騒然とする中――

「よろしいですか？」

手を上げたイーサン・ノーブルに学者たちの視線が集まる。会議に出席した研究者の中で最も若手のイーサンだが、その頭脳と功績で一目置かれる存在だった。

「確かにジェームス氏の言う通り、四つのダンジョンに同時に入り、深層まで行って攻略するとなれば、かなりの数の探索者《シーカー》がいるでしょう。しかし、そんなことが本当に可能でしょうか？」

「どういう意味だ⁉」

ジェームスは眉間に皺《しわ》を寄せ、イーサンを睨みつける。

「以前、アメリカで発見された君主《ロード》は、十五人の探索者《シーカー》によって倒されました。そのメンバーの中には最強の探索者《シーカー》『炎帝アルベルト』もいた。にも拘《かか》わらず、七人の犠牲者を出す結果となった。君主《ロード》に出会った場所も百階層付近。そんなことを同時に四つのダンジョンで行うなど、アメリカや中国でも到底不可能です」

「だとしたら、なぜ石板の鉱石は割れたんだ！　説明がつかんだろうが‼」

苛立《いらだ》ちを募らせるジェームスに、イーサンは冷静に答える。

「そもそも前提が間違っているのではないでしょうか？」

「前提？」

議長のマヤも反応する。

「オルフェウスの石板には、色の付いた鉱石が規則的に並んでいます。我々はその色に一致するダンジョンに魔物がいると思い込んでいました。実際、過去に討伐された君主《ロード》と公爵《デューク》は割れた鉱石と同じ色のダンジョンにいましたから」

「だったらダンジョンの色を表しているんだろう！」

「いいえ」

怒鳴り声を上げるジェームスの意見を、イーサンは真っ向から否定する。

「今回討伐された君主《ロード》は同じダンジョンにいたのではないでしょうか？　二週間前に黒の鉱石が割れ公爵《デューク》が倒されました。そのことを考慮すれば、攻略されているのは黒のダンジョンの可能性があります。なんと言っても研究の進んでいない未知のダンジョンですからね」

「ふん！　黒のダンジョンについては徹底的に調べている。特にあの魔鉱石が見つかって以来、黒のダンジョンの管理は厳しくなっているからな。どこの国も許可を得た者以外入れんだろうが！」

イーサンは小さく頭を振る。

「それは管理されているダンジョンの話です」

「なっ⁉」

場の空気が明らかに変わった。

「まさか……新しいダンジョンか？」

ジェームスは顔をしかめる。

「ええ、そうです。新しくできたダンジョンなら報告されていないケースもあるでしょう。そのダンジョンを攻略した者がいるのではないでしょうか？」

「ちょっと待って下さい」

声を上げたのは議長のマヤだ。

「イーサン。あなたの言うことが正しかったとしても、百階層まで辿《たど》り着《つ》ける『探索者《シーカー》』はどこにいるのですか？　優秀な探索者《シーカー》はダンジョン以上に国や軍に管理されています。そんな彼らが動いたという報告はありませんよ」

ぴしゃりと言ったマヤの言葉には説得力があった。探索者《シーカー》の育成には莫大《ばくだい》な時間と費用がかかる。

それはここにいる誰もが知っていた。

だが、イーサンは自分が出した結論が間違っているとは考えていない。

「おっしゃることはもっともですが、我々の知らない探索者《シーカー》がいたと考えるのが妥当でしょう。その者は新たに生まれた黒のダンジョンに入り、公爵《デューク》を倒した。そしてさらに階層攻略を進め、深層にいた君主《ロード》を立て続けに討伐したんです」

「そんなバカな！」

ジェームスが吐き捨てるように言う。

「確かに、これは憶測にすぎません。ですが、そうとしか考えられない。この探索者《シーカー》はすでに四体の君主《ロード》を倒している。個人なのかグループなのかは分かりませんが、少人数でしょう。大規模な探索者同盟《クラン》が動けば情報が洩《も》れているはずです。彼らは世界最強と言われる『炎帝アルベルト』がいる探索者同盟《クラン》に匹敵するか、それ以上の存在――そう考えるのが妥当ではないでしょうか？」

議場は静まり返る。ありえない話ではあるが、反論するだけの情報もなかった。

「もし、私の仮説があっているなら――」

イーサンの言葉に、学者たちはゴクリと唾を飲み込む。

「近いうち、もっと大きな変化が起こるでしょう」

◇◇◇

四つの『色付き』スライムを倒した翌朝、悠真《ゆうま》はうきうきした気持ちで庭に向かった。

赤、青、黄色、緑ときたなら、次は白だろう。

回復魔法の耐性ってのは意味が分からないが、とにかく変わったスライムが出るに違いない。

そう確信して穴の近くまで行くと、マメゾウがいつも以上に吠《ほ》えていた。

「すぐ退治してやるから待ってろ！」

悠真はマメゾウを下がらせると、懐中電灯で穴を照らす。白いスライムが本当にいたら不気味な感じもするが、まあ倒すのに支障はないだろう。

そんな軽い気持ちでいた悠真は、意外なものが中にいたことに驚愕《きょうがく》する。

「えええええええええ⁉」

しばらく唖然《あぜん》としてしまう。穴にいたのは黒い金属スライムだった。いつもの金属スライムと同じ色。だが、それは問題じゃない。

驚くべきはその大きさ。通常の金属スライムの五倍以上はある。

ずっしりと佇《たたず》むスライムのせいで、小さな穴が余計小さく見えた。

「なんだ、この馬鹿デカイの⁉　金属スライムの親玉か？」

まるで子分たちの仇《かたき》を取りに来たように、凄《すご》い迫力で穴に居座っている。

「こ、これ倒せるかな……」

悠真は少し不安になるものの、これだけ巨大なスライムを倒したなら、激レアな魔鉱石がドロップしてもおかしくない。「よし！」と意を決し、自分の部屋に一旦戻る。

ありったけのボンベ缶と冷却スプレーを箱に詰め込み、もう一度庭に下りてきた。

穴の横にボンベやスプレーを並べて気合を入れる。準備は万端、ここにある物を全部使っても必ず倒す。

悠真は体に力を込め、『金属化』の能力を発動した。体は大きくなり、着ている服はパツンパツンに伸びてしまう。「脱げばよかった」と思うが、後の祭りだ。

その状態で中に入ると相手も巨大なため、穴の中はかなり窮屈になる。

目の前にいるデカイ金属スライムは、ゆっくりと近づいてくる。今まで感じたことのない威圧感《プレッシャー》。

それでもいつもの手順で倒すしかない。

悠真は冷却スプレーを両手に持ち、ダブルで冷気を噴射した。

瞬間――　なにかが動く。

「え？」

気づいた時にはパンパンッと音が鳴り、スプレー缶が破裂した。冷気が辺りに撒《ま》き散らされる。

「なんだ⁉　なにが起きた？」

地面に転がっている冷却スプレーは、なにかで切り裂かれたようにパックリと割れている。

悠真が顔を上げると、そこには二本の触手をうねうねと伸ばしたスライムがいた。

触手の先端は鋭利な刃物となり、切っ先がこちらに向けられている。

「おいおいおい！　嘘《うそ》だろ⁉」

想像していなかった事態が目の前で起こっていた。

危ない！　と思った時にはもう遅く、二本の触手が襲いかかって来た。

「うわっ！」

思わず腕で顔を覆う。キンッ、キンッと触手の刃物は体に当たるが、高い音をたてて弾《はじ》かれていた。

金属化で鋼鉄となった悠真の体は、デカスライムの攻撃も難なく防いだのだ。

「なんだ、驚かせやがって……」

これなら普通に討伐できる。悠真はそう考え、穴の横に置いた冷却スプレーを両手で取る。噴射しようとノズルを向けると、信じられない光景に目を疑う。

スライムは全身から無数の触手を伸ばしていた。その先端は刃物やハンマー、斧《おの》やスパイクの付いた鉄球のような形になっている。

「いやいや、待て！　一回、待て‼」

そんな希望が叶《かな》う訳もなく、十本以上ある触手が一斉に向かってきた。

悠真はスプレー缶を守ろうと身を屈《かが》める。容赦なく滅多打ちにされ、背中や肩、頭に刃物やハンマー、鉄球が振り下ろされた。

まさにボコボコ。生身なら即死でもおかしくない。

だが――

「効かねーって言ってんだろ‼」

悠真は触手を払い除《の》け、腕を伸ばし冷却スプレーを噴射した。

どれだけ攻撃されようと、物理的なダメージは一切受けない。そして穴の中は冷気で満たされていく。

冷気の効かない悠真と違い、デカスライムは徐々に動きが鈍くなるだろう。

この勝負、俺の方が絶対有利だ。悠真がそう思った時、デカスライムは触手をにゅるにゅると引っ込めた。

やっと動きを止めたか。少し気を緩めた瞬間――

「なっ⁉」

何百、何千ものトゲが悠真の体に突き立てられる。スライムはウニのようにトゲを伸ばしてきたのだ。トゲの伸びる勢いが強すぎて、悠真は穴の壁に叩《たた》きつけられる。

だが体に穴は空いていない。

やはりあのスライムの攻撃では、この体は貫けないんだ。そう確信した悠真は、外に置いてある冷却スプレーを手に取る。

さっき使っていたスプレーは穴が空き、冷気を噴射し続けていた。

新しく持った冷却スプレーを使って、スライムを止めようと悪戦苦闘する。

数分後、なんとか動きが止まった。

「ハァ、ハァ……しんどい……動きを止めるだけで重労働だ」

見れば自分の服がボロボロになっている。「くそ！　Tシャツもスウェットもズタズタじゃねーか」と愚痴るが、今さら言っても仕方ない。

悠真はガスバーナーを二本持ち、凍って動かなくなったスライムに先端を向ける。

噴射する炎で少しずつ加熱していく。

「動かなければ楽なんだけどな～」

そんな願いも虚《むな》しく数分でスライムは動き始め、今度は二十本以上の触手で悠真に攻撃を叩き込む。

いくら効かないとはいえ、ボコボコにされるのは最悪の気分だ。しかも冷却スプレーやガスバーナーも破壊されてしまう。ストックが足りるかどうかも心配になってきた。

必死になって冷却と加熱のプロセスを繰り返す。これ以外攻撃の方法がない。時間がかかり、登校時間が過ぎてしまった。

朝ご飯を食べに来ない悠真を母親は心配して、どこにいるのかと探し回っている。だが悠真はそれどころではない。まさに死闘の真っ最中。

一時間近いアホみたいな時間をかけ、最後のガスバーナーを使いきった時、やっとデカスライムの体表はヒビだらけになっていた。

「もう、いいかげんにしてくれ……」

金槌《かなづち》で叩くが、バンバンッと鈍い音がするだけで砕けない。

デカスライムはぐったりしながらも、先端が刃物になった触手を振り回した。悪足掻《わるあが》きだと思ったが、その触手が悠真の右手に当たる。――瞬間、なにかが飛んでゆく。

金槌の柄が切り裂かれ、ヘッドの部分が宙に舞ってゴトリと落ちた。

一年以上、毎日毎日使い続けた千二百八十円の金槌。もはや愛着を通り越し体の一部になっていた金槌が、ガラクタのように地面に転がる。

「この野郎……」

悠真は拳を握り込み、スライムの体を思いっきり殴った。キンッと弾き返される。

まだ頑強な装甲を貫けない。ダメージが足りないのか。

もうガスバーナーも冷却スプレーも残っていない。後は力ずくで倒すしかない。

デカスライムはボロボロになって、触手もトゲも出せないようだ。だが悠真の体力も限界。ヘロヘロになっていた。

それでも何度も、何度もスライムを殴り続ける。

「いいかげん、壊れろ――‼」

最後に渾身《こんしん》の力で振り抜いた拳は、デカスライムの鋼鉄の体にぶち当たる。

バキンッ――

破壊音と共に、拳がデカスライムの体を深々と貫く。粉々に砕け散ったデカスライムの体はサラサラとした砂に変わる。

ふわりと舞い上がった砂は、気づいた時には消えていた。

「や、やっと終わった……学校は完全に遅刻だな」

悠真はぐったりとその場に座り込む。

こんなにしんどかったのは初めてだ。ハァハァと浅い呼吸を繰り返していると地面に落ちている物に目が留まる。

魔鉱石だ。悠真はおもむろに手を伸ばして、それを摑《つか》んだ。

「これも特殊な効果があるのかな？　……まあ、調べるのは後にするか」

悠真は穴から這《は》い出し、家に向かう。

母親が悠真の姿を見つけて「なにしてたの！」と声をかけるが、服がズタズタに裂け、泥だらけになっている悠真を見て悲鳴を上げる。

このあと一騒動になるが「マメゾウと遊び過ぎた」という言い訳で押し切った。

◇◇◇

学校から帰ってきた悠真は、自分の部屋でドロップした〝石〟を眺めていた。

それは黒い魔鉱石で、普通の金属スライムが落とす物と色も形も大きさも同じだ。ただ違うのは、石の表面に紋様みたいなものが浮かんでいること。

白い植物のレリーフで、輪を描いた花飾りのように見える。

「なんか意味あんのかな、これ？」

悠真《ゆうま》はまずマナ指数測定器を取り出し、自分に向けてスイッチを押す。あれだけ強い魔物を倒したんだ、少しぐらい〝マナ指数〟が上がっていてもおかしくないだろう。

期待して表示画面を見るが、やはりゼロだった。

「……ちぇっ、なんだよ。あんなに苦労したのに」

不満を吐露する悠真だったが、次にドロップした魔鉱石も測ってみる。するとこちらもゼロだった。

「こいつもゼロか……使うことはできるってことだな」

悠真は台所に持っていき、水で洗っていつものように飲み込んだ。

しばらくすると腹の底から熱が込み上げてくる。もう慣れた感覚だったが、今回は少し違った。

「う⁉　なんだ？　この熱さは」

今までとは比べものにならないほどの熱が全身を駆け巡る。

食べちゃいけないものだったか⁉　と恐怖心を抱くが、しばらくすると落ち着いてきた。

「は〜大丈夫か……ちょっと怖かったな」

この魔鉱石はどんな能力だろうかと思い、試すために自分の部屋に戻る。

鏡の前でフンッと力を入れ、『金属化』を発動した。服を脱ぐのを忘れたため、「ああ、しまった！」と慌てたが、今までと違う現象が起きる。

服が体の中に取り込まれたのだ。まるで服が沈み込むように体内へと入っていく。これがデカスライムの能力か？

体は以前よりさらに大きくなり、禍々《まがまが》しい見た目へと変わる。顔は怪物のようなマスクに覆われ、額から伸びた角は、より長く鋭くなっていた。

「これ、戦隊ものに出てくる怪人みたいだな……子供が見たら泣くんじゃないか？」

見た目が強そうになったのは分かったが、他にも特殊な能力が身についていそうだ。悠真は今日戦ったデカスライムを思い浮かべる。

なんと言っても触手を伸ばした攻撃は怖かったな。

体の一部を武器に変えていた。あんなことができれば——

そう考えていると、うねうねと自分の手の形が変わっていく。もしかしてと思い、手を武器に変えるイメージをしてみる。

すると手が次第に変化し、片刃のナイフのような形になった。

「おお……すげー！　本当にできた」

ちょっと感動してしまう。他にもできないか色々試してみた。

手をハンマーに変えたり、鉄球にしてみたりと、イメージするだけで体を様々な形に変えることができた。単純な形なら、すぐにできるようだ。

特に凄《すご》かったのが――

「おおーこんなこともできんのか！　メチャクチャおもしろい」

悠真は丸い金属スライムの形になっていた。まさか体まるごと変形できるとは。人型だと怖いけどスライムの姿なら、ちょっとかわいいんじゃないか？

悠真は気を良くし、スライムの姿のまま部屋の外へ出ようとした。だが、扉を開けられないことに気がついた。

どうしようかと思ったが「あ！　そうだ」と言って体を液体に変える。

扉の下の隙間を通り、廊下に出た。ドロドロの『液体金属』状態で階段を下り、裏庭に向かうつもりだ。親が不在なので驚かれる心配はない。

ベランダから外へ出ると、金属スライムへと形を変え、ピョンピョンと飛び跳ねてマメゾウの元まで行く。

「う～わんわんっ！」

丸っこい金属の塊に、マメゾウはけたたましく吠《ほ》え続ける。やっぱり『金属化』していると怖がってしまうようだ。

悠真は大丈夫、大丈夫と言ってなだめながら、マメゾウの周りをピョンピョンと跳んで

遊んでいた。なかなかおもしろいと思ってはしゃいでいたが、ふと家のガラス戸に目を移すと自分の姿が映っていた。

丸っこいスライムの姿になってピョンピョン飛び跳ね何本もの触手を伸ばし、うねうねと動かしている。

悠真は冷静になって考えてみた。

「これって……人型よりも魔物っぽくないか？」

◇◇◇

その日、国際ダンジョン研究機構はかつてない事態に騒然となる。

研究所の一角に設置された〝オルフェウスの石板〟。その前に多くの研究者が集まっていた。

石板を見上げ驚愕《きょうがく》の声を上げる人々の中に、イーサン・ノーブルの姿もあった。

「イーサン！」

慌てた様子でクラークが走って来る。

「どうしたんですイーサン！　これは何の騒ぎですか？」

辺りを見回して困惑するクラーク。急な出来事に研究所は混乱していて正確な情報が伝わっていなかった。

そんなクラークを見て、イーサンはフフッと悪戯《いたずら》っぽい笑みを浮かべる。

「あれだよクラーク、みんなの興味を引いているのは」

イーサンが指差したのは壁に立てかけられた〝石板〟の上部。

色とりどりの鉱石が並んでいる場所だ。

「なんです？　また公爵《デューク》や君主《ロード》が倒されたんですか⁉」

「いやいや……違うよクラーク。その程度では、もう誰も驚かない」

不敵に微笑《ほほえ》むイーサンに、クラークは眉をひそめる。

「よく見てごらん。石板の最上部を」

言われた通り視線を移せば、鉱石の一つが砕けていた。それは今まで破壊されたことがなかった一番上の鉱石。

「石板に記される最上位の魔物、六体いる王《キング》の一角――」

イーサンは石板の最上段を見やり、口角を上げる。

「【黒の王】が倒された」

第二章　探索者育成機関

巨大な金属スライムを討伐した翌日、悠真は悩んでいた。

——昨日、冷却スプレーやバーナーのボンベを使い切っちゃったからな。今日はどうやって金属スライムを倒そうか……。

頭を捻《ひね》りながら階段を下り、庭へと向かう。

すると不思議なことに気づく。いつも吠えまくっているマメゾウだが、今日はやけに大人しい。

悠真が近づくと犬小屋から飛び出し、尻尾を振って甘えてくる。

「どうした、マメゾウ？」

マメゾウの頭を撫《な》で、ふと目をやると昨日まであった穴が見当たらない。

「え!?」

あまりのことに呆気《あっけ》に取られる。穴がない？　悠真は辺りを見回し、穴があったはずの場所を入念に調べた。

だが、そこにはなにもなく、普通の地面になっている。

一年以上も悠真を悩ませ続け、へんてこなスライムが出てきた小さなダンジョン。

それが突然、跡形もなく消えてしまった。

「ええ～⁉　こんな急になくなるの？」

困惑する悠真とは対照的に、マメゾウはご機嫌だった。庭をぐるぐると駆け回り、わんわんと駆け寄ってくる。

どうやら本当にダンジョンはなくなったようだ。

「ま、まあ、これで朝早く起きなくてもいいし、マメゾウも変な奴《やつ》がいなくなって良かったよな」

「わんっ！」

悠真は自分の部屋に戻り、学校へ行く支度をする。時間に余裕ができたせいで、特にやることもなくなってしまった。

悠真はいつもよりも早く家を出る。

「良かった、良かった。どうせ金にもならなかったから清々したぜ！」

穴がなくなったのはいいことだ。なのにどうしてだろう？　胸にポッカリと穴が空いたような気持ちになる。寂しささえ感じていた。

日課になっていたせいだろうか？

金にならないと分かってから、あれほどなくなれと願っていたのに。

それにしても、なんで突然消えたんだろう。やっぱり、あのデカスライムを倒したせいかな？　ボス的な存在だったのか？

そんなことを考えていると、後ろから明るい声が飛んでくる。

「おはよ！　今日は早いね」

「ん？　ああ、楓《かえで》か。おはよう」

楓の爽やかな笑顔を見ると、考えていたことなど全部吹き飛んでしまう。

最近、少し大人っぽくなったように感じるのは気のせいだろうか？

「聞いたよ！　昨日、大遅刻したんだって？　夜、遊びすぎて寝不足にでもなったんじゃない？」

「そんなんじゃねーよ！」

「まー、ここ一年くらい早起きしてるようだから心配してないけど」

「母親みたいなこと言うな！　昨日はたまたま寝過ごしただけだ。もうないよ、そんなことは」

そう、もうないんだ。ダンジョンが理由で遅刻することなんて。

「そっか……まあ、それはそれとして、悠真《ゆうま》は春から大学行くんだよね」

「ああ、一応受かったからな。そのつもりだけど」

「ふーん、いいよね。春からキャンパスライフか」

少し俯《うつむ》く楓に対し、「ホントに国の探索者《シーカー》育成機関に行くのか？」と聞いてみる。楓の成績はかなりいい方だ。国立の大学だって充分受かるだろう。本当に迷いがないのか悠真は疑問だった。

「うん、行くよ。一週間後に試験があって、そこで受かれば四月から育成機関に通うの」

「試験？　楓はもう合格してるんじゃないのか？」

確かエルシードの人間にお墨付きをもらったって言ってたが。

「それは、あくまで才能の確認。私もルイもちゃんと入学試験を受けて合格しなきゃ入れないよ。筆記試験もあるしね」

「筆記試験！　そんなもんまであるのか⁉　うげ～」

悠真が顔をしかめると、楓は楽しそうにクスクスと笑う。

「まあ筆記試験はあるけど、それより重要なのは適性試験なんだって。筆記試験の成績が悪かったとしても、適性試験でいい点数を取れば受かるらしいよ」

「へ～そうなんだ……」

その後は取り留めのない会話をしながら学校へと向かう。悠真の頭の中で、何度も楓の言葉が反復されていた。

——探索者《シーカー》育成機関の入学試験か……。

◇◇◇

悠真は学校が終わると家に帰り、勉強机の前にある椅子に座った。

片膝を立ててスマホをいじりながら体を揺らしていると、キャスター付きの学習チェアがキィキィと悲鳴のような音を立てる。

「探索者《シーカー》育成機関、STI……か」

検索していたのは国の探索者《シーカー》育成機関の情報。完全に国営だと思っていたが、半官半民の第三セクターのようだ。

「二年前に設立されて、今年で三年目。一年に二度、前期と後期に分けて入学者を募集している、か」

STIのホームページをスクロールすると、たくさんの情報が羅列されていた。

「日本で初めて〝魔物〟の捕獲に成功…… 〝魔宝石〟を使った檻《おり》や部屋……人工ダンジョンの開発」

色々なことが書かれている。探索者《シーカー》育成機関は研究施設も兼ねているらしく、ダンジョンや魔物の研究も日々行っているようだ。

「半年のカリキュラムを通し、才能の発掘、人材の育成を目的としている。二ヶ月に一度中間考査があり、それをクリアできなければ退所になる、か……結構きびしいな。最終的に卒業できるのは半数程度ねぇ」

悠真はスマホを置き、腕を組んで目を閉じる。

大学は受験して合格することができた。だけど無名の私大を卒業したところで、明るい未来が待っているとは思えない。

「本当に……このままでいいのかな」

今までなりたいものなんてなかったし、夢もなかった。だから大学に行くことに何の疑問も持たなかった。

でも今は――

悠真は引き出しからA４サイズのノートを取り出し、なにも書かれていないページを開く。

――探索者《シーカー》になって活躍したい。

以前なら考えることもなかった願望であり、現実味のない夢。

だけど今は明確に探索者《シーカー》になりたいと思っている。

ルイに感化された？　それもあるだろう。でも、それ以上に小さなダンジョンに入り、魔物を倒し続けた経験が背中を押す。

なにより金属スライムから手に入れた特殊な力がある。探索者《シーカー》として活躍するなら絶対にプラスになるはずだ。

悠真はノートに自分の強みを書き出していく。

一つ目は、なんと言っても『金属化』の能力だろう。

五分間全身を鋼鉄に変え、連続して使えば最大一時間十分『硬化』を維持することができる。五分ごとに解除することもできるし、『金属化』している間は物理攻撃を一切受けつけない。体は二回り大きくなり、腕力も大幅に上がっている。やはりデカくなった影響だろうか？

そのうえ『火』『水』『雷』『風』の耐性まである（どれくらい耐えられるかは分からないけど）。

防御面に関しては、ほぼ無敵なんじゃないかな？

二つ目はデカスライムの能力だ。

体の一部を武器に変化させるなんて漫画でしか見たことがない。他の探索者《シーカー》でも、そんなことできないだろう。

それに——

悠真は立ち上がり、フンッと体に力を入れる。全身に黒いアザが広がり『金属化』の能力が発動した。禍々《まがまが》しく強そうな怪物の姿になる。

さらにイメージすると体の形が変わり始め、ゼリーのようにプルプルとしたゲル状になって床に落ちる。そこには少し大きめの金属スライムとなった悠真がいた。

服は金属の体の中に取り込めるため、いちいち脱ぐ必要はない。

「おっと、目玉、目玉」

スライムの体表にぐるりと二つの大きな目玉が浮かぶ。体をくねくねとくねらせ、部屋の中を移動した。

そこそこ速く動くことはできるし、形を変えて狭い場所に入ることもできる。

人型に戻ろうとイメージすれば、すぐに角の生えた怪物の姿に変わる。

これはなかなか便利だ。

この全身を変化させる能力を『液体金属化』と呼ぶことにしよう。五分経《た》って金属化が解けると、悠真はノートの〝強み〟の項目に『液体金属化』を追加した。

危険なダンジョンを探索するのに、これ以上役に立つ能力はないんじゃないかな？

うまく使えれば一流の探索者《シーカー》って呼ばれるようになるかもしれない。そしたら楓やルイに凄《すご》いって思われて、何千万、何億って年収が稼げるようになるかも。

悠真は思わずグフフと笑みを零《こぼ》した。いかん、いかん。冷静にならないと。

「次はデメリットについてだな」

まずは『金属化』しないと、なんの能力も使えないってことだ。どう見ても怪物にしか見えない格好では外に出られないだろうし、能力は五分ごとにしか解除できない。

そして問題なのは『金属化』が、明らかに身体強化系の能力だということ。

つまり『黒のダンジョン』から産出される魔鉱石を使ったことがバレてしまう。

よくよく調べると、なぜか黒のダンジョンは他のダンジョンより出入りが厳しく規制されている。

しかも都の条例だけではなく、ダンジョンに関しては法律としても色々制定されていた。

「こんなに細かく法律があんのか……」

ざっとスマホで調べただけでも恐ろしい数の法律があった。違反するとかなり罪が重くなるようだ。

——今までダンジョンで好き勝手にやってきたけど、マズかったんだな。

あまりにも怖すぎるため、それ以上調べるのをやめることにした。

「ま、まあ、バレなきゃいいか」

改めて正体を明かさないようにしようと、悠真は固く心に決めた。

そして『液体金属化』の能力を人前で使うなど論外。最悪、他の探索者《シーカー》から魔物と間違われて攻撃される可能性もある。

そして二つ目のデメリットは魔法が使えないことだろう。

魔法がなければ【深層の魔物】が倒せないのは有名な話だ。手足を武器に変えて戦えば浅い階層の魔物ぐらいは倒せるかもしれない。

だけど【深層の魔物】は、自衛隊の銃弾でも効かないと聞いたことがある。

だとしたら、とても倒せるとは思えない。やっぱり地道に〝マナ〟を上げて、魔法を覚えていくしかないか。

「さて、三つ目の問題……。これが一番大きいよな」

プロの探索者《シーカー》になるための絶対条件。

そもそも個人では、ダンジョンの深い階層に入れない。ダンジョンの深部に入れるのは、国から認可を受けた企業や団体だけ。

許認可を受けるには専任技術者がいることや、財務基盤が安定しているなど厳しい基準があるようだ。

個人で入ることができるのは『青のダンジョン』の低層など、ごく一部のみ。

そもそも入れないダンジョンもある。そんな環境では、マナを上げることも、金を稼ぐこともできないだろう。

液体金属化の能力を使えば、ダンジョンの検問をすり抜けて深い階層に行けるかもしれないが、能力に時間制限がある以上、ちゃんと帰ってこられるかも分からない。

なにより不法侵入をしたことがバレれば大事《おおごと》になる。

活躍している探索者《シーカー》は公的機関、もしくは国から許可を受けた企業や団体など、必ずどこかの組織に所属している。

あの動画配信していたチャラい男も、有名な企業と契約してたはずだ。

「う〜ん、やっぱりどこかの企業に入るしかないか……そのための探索者《シーカー》育成機関だもんな」

以前は企業が個別に探索者《シーカー》の育成を行ってきたようだが、効率的な人材確保のために国が探索者《シーカー》育成機関【ＳＴＩ】を作ったと書かれている。

ダンジョン先進国であるアメリカを見習ったらしい。

「俺も受けるだけ受けてみようかな」

そんなに費用も掛からないようだし、受験するだけなら親の許可もいらない。落ちたら普通に大学に通えばいいかと、悠真《ゆうま》は意気込みを新たにした。

◇◇◇

一週間後——

悠真は東京世田谷《せたがや》にある『探索者育成機関《シーカー》』ＳＴＩの本校舎に来ていた。

帽子を目深《まぶか》にかぶり、地味な服を着て目立たないようにしている。ルイや楓《かえで》も来ているはずなので、会わないように辺りを警戒する。

——もし落ちたら恥ずかしいしな。取りあえず合格するまでは黙っておこう。

正門に立つ警備員に身分証明書を見せ、ゲートをくぐる。試験会場となる第四棟へと向かった。

敷地《しきち》はかなり広く、モダンな外観の建物が立ち並ぶ。学校というより研究所のようだ。

目的の第四棟に辿《たど》り着くと、受付の職員さんに受験番号と名前を提示し、試験を行う場所を聞いて移動する。

どうやら別棟でも試験をやっているようだ。だとすればルイや楓はそっちに行ってるのかもしれない。

悠真は二階にあるホールの扉を開く。中はかなり広い会場で、数十人の男女がいた。

学生もいれば、少し年上の人もいるようだ。年齢制限は確か十八から三十歳までだったか。だとしたら社会人も受験してるのだろう。

まだ試験開始前なので会場はガヤガヤしていた。悠真は人の間を抜け、自分の受験番号が書かれた席へと向かう。

「ふぅ」

着席して一息つく。筆記試験対策はやるだけやったので、たぶん大丈夫だろうと考えていた。それこそ遅刻でもしない限り――

「いや～間に合った！ 危ない危ない」

バンッと扉を開け、慌ただしく会場に入ってきたのは、背の高い女性だった。悠真の隣の席にドカリと座ると、担《かつ》いでいたバッグを下ろす。

「いや、ホント、東京の電車の乗り継ぎ訳分かんないよな。なあ、アンタもそう思わないか？ もうちょっとで遅刻するところだったよ」

女性とは思えない口調で話しかけてくる。あまり関わりたくないが、そうもいかないようだ。

「私は神楽坂《かぐらざか》って言うんだ。ちなみに十八。アンタは？」

「え？ ああ、俺は三鷹《みたか》。高三だけど」

「やっぱり。見てすぐ分かったよ。けっこう年配のおっさんやおばさんも多いみたいだからな。まあ、若いもん同士、仲よくしようぜ！」

赤みがかった髪をポニーテールにして、屈託なくニカリと笑う。小麦色の肌は健康的で、身長は170センチ以上はあるだろうか、モデルのような体形だが筋肉質にも見える。

神楽坂と名乗った女性は、無邪気に握手を求めてきた。だが周りの人たちから、怒りに満ちた視線を向けられる。

年配だの、おっさん、おばさんだの言うから反感を買ったのだ。

悠真は周囲の視線が気になったが、当の本人は気にする様子がない。仕方なく「よ、よろしく」と言って握手を返した。

◇◇◇

その後、午前中に筆記試験が行われた。

ダンジョンや探索者《シーカー》に関する基礎知識を問うものだ。悠真はこの試験のため、大急ぎで知識を詰め込み今日に備えた。

ちゃんとできたとは思うが、合格ラインに達しているか、少し不安になってくる。

午後は地下の施設に移動し、マナ測定を行うようだ。こっちがメインの試験と考えた方がいいだろう。

神楽坂と二人、受験生の長い列に並ぶ。

「ここで飼ってる魔物を倒すんだよ。それで『マナ上昇率』を確認するって聞いてるぜ。まあ、そんなに難しくないだろうけど……。ところで実際に魔物って見たことあるか？」

赤髪長身の神楽坂が聞いてくる。

「うん、まあ『青のダンジョン』にいるスライムぐらいなら」

「なんだ、あのマナの全然上がらないスライムか？　あんなの魔物の内に入らないだろ」

鼻で笑われた感じがして、悠真はムッとした。

確かにマナが上がらないのは本当だが、それは金属スライムも同じだ。長い時間をかけて行った金属スライム討伐までバカにされたようで、嫌な気分になる。

「神楽坂はどんな魔物が出てくるか知ってるのか？」

「ああ、『赤のダンジョン』にいるレッドスライムらしいぞ。倒せば、ほぼ確実にマナが上がるうえ、人工的に増殖させることもできるみたいだ」

そうなんだ、と悠真は思わず感心する。

ネットで検索してもそんな情報は出てこなかった。一度試験を受けてるはずの楓さえ、口止めされてるからと、教えてくれなかったのに。

神楽坂と列に並んでいると、番号が呼ばれ、研究室のような部屋に入るよう促される。

中では受験生が順番で数値を測っていた。まるで健康診断のようだ。

悠真と神楽坂も長机の前に立ち、職員に〝マナ測定器〟を向けられる。市販の物より、かなり高級そうな測定器だ。

ピッ、ピッと音が鳴り、測定が完了する。

「はい、お二人ともマナ指数はゼロですね。では、この紙を持って隣の部屋にお進み下さい」

二人は紙を持って隣の部屋に移動した。悠真はチラリと神楽坂の方を見る。

「なんだよ？　なにか言いたいことでもあるのか？」

「いや、探索者《シーカー》に詳しそうだから〝マナ〟があるのかと」

「バカ！　魔物なんか倒したことある奴《やつ》の方が少ないだろ！　最初はゼロでいいんだよ。最初はな」

神楽坂の言う通り、重要なのは今どれくらいマナがあるかじゃない。

どれだけマナを伸ばせるかだ。悠真が調べた限り、探索者《シーカー》として活躍するにはマナが全てと言っても過言ではない。

ダンジョンの中にいる魔物。弱いものであれば物理的な攻撃で倒すことができる。だが、深い階層にいる強い魔物は、硬い外殻と再生能力を持つものが多く、魔法でしか倒せないと言われている。

より強い魔法を、より長い時間使うには大量のマナが必要だ。そして魔法により張られた障壁は人間の体を守り、銃弾でも跳ね返せると聞く。

まさに探索者《シーカー》の強さは、イコール〝マナ〟の多さ。そう考えるのは当然だ。

しかしマナのつき方は個人差が大きい。同じ魔物を倒しても、人によって得られるマナの量が違う。

これが『マナ上昇率』。そしてマナが上昇しても一定の数値に達すると、それ以上あがらなくなる限界点。それが『マナ上限値』、もしくは『マナの壁』と呼ばれる指数だ。

これも個人差があり、低すぎれば探索者《シーカー》になるのが難しくなるとか。

列がゆっくりと進み始める。悠真と神楽坂の正面には、赤い宝石が四隅に付いた箱が置かれていた。中を覗《のぞ》けば、うねうねと動く半透明の球体が見えた。

「これが、レッドスライム！」

悠真はゴクリと唾を飲み込む。大きさは青いスライムや金属スライムと同じくらいだが、確実にマナが獲得できるなら、それなりに強いのだろう。

そう思っていると、職員の女性が笑顔で話しかけてくる。

「緊張なさらないで下さいね。この手袋を嵌《は》めて、こちらのナイフでスライムを刺せば、簡単に倒せますよ」

それは刃の部分だけがドライアイスで冷やされた小型のナイフだ。

――なるほど、冷たい武器に弱いってことだな。

悠真は納得して手袋を嵌め、ナイフを手に取りブスリとスライムに突き立てた。

ゼリー状の魔物は一瞬、ビクリと体を震わせたが、その後はだらしなく伸びてゆき、最後は砂になって消えてしまった。

「いや、簡単だな！」

神楽坂が手袋を外しながら言う。悠真も「確かに」と同意した。

「はい、お疲れ様でした。あちらで〝マナ〟を測って下さいね」

言われた通り、部屋の出口付近で待機していた職員にマナを測ってもらい、つつがなくマナの測定は終了した。

「結局、マナ指数は教えてもらえなかったな」

悠真が不満気に言うと、神楽坂は「いいよ、別に」と手を振った。

「あのやり方で確認できるのは『マナ上昇率』だけだ。まあ高いに越したことないけどな」

神楽坂はあっけらかんと言ったが、悠真は不安だった。

「全然上がってなかったらどうしよう……」

「大丈夫、心配するなよ。この数値が低かったとしても合格はできる」

「え、そうなの？　ホントに？」

「ホントだって！　『マナ上昇率』が低くても『マナ上限値』が高いヤツもいるからな。それなら時間をかけて調べるしかない。一回だけの測定じゃ分からないよ」

それを聞いて少しだけ安心した。

最後は施設の地下一階に連れて行かれる。

「この先が……人工ダンジョン」

地下の部屋に入ると、なにかを準備する数人の職員の向こうに、大きく分厚い鉄の扉があった。

「日本ではここにしかないレア施設だ。今から入れると思うとワクワクするよな！」

神楽坂はシシシと楽しそうに笑い、鉄の扉を見据える。受験生が整列すると、スーツを着た職員が前に出てマイクを取った。

「え～探索者《シーカー》の受験生は、これから人工ダンジョンを使った試験を受けてもらいます。内容は簡単。地下一階フロアの半分ほど進んだ場所に、このボールを入れた箱を置いてあります」

職員はオレンジ色のボールを手に取り、上にかかげる。テニスボールほどの大きさだ。

「これを時間内に持って帰ってくること、それだけです。ただし、ダンジョン内には弱い魔物を多く放っているので、その魔物たちの妨害を突破して進んで下さい。では、受験番号順に始めます。なにか質問は？」

「はいはい！」

神楽坂は笑顔で手を上げた。

視線が一気に集まったため、隣にいた悠真《ゆうま》は居たたまれず肩をすくめる。

「それってバンバン魔物を殺せば、評価が上がるってことですか？」

嬉々《きき》とした表情で「殺す」と言う神楽坂に、悠真は怪訝《けげん》な顔をする。

――なんだ？　やっぱり、ちょっと変わってるな。

尋ねられた職員は、コホンと一つ咳払《せきばら》いしてから答えた。

「いえ、そういうことではありません。武器を持ち込むことは禁止ですし、基本的に魔物は傷つけないで下さい。重要視するのは速さです。探索者《シーカー》に一番必要なのは魔物に臆せず、ダンジョンを走破する〝胆力〟。どんな才能があったとしても、この胆力がなければプロとして活躍できません。そのため、この試験では課題をクリアするまでのタイムを評価します」

職員の話を聞いて、神楽坂《かぐらざか》は「なるほど」と納得する。

「では、受験番号B01の方からどうぞ」

人工ダンジョンを使った最後の試験が始まった。一人ずつ扉の中に入り、職員がストップウォッチでタイムを測る。

すぐに戻ってくるだろうか？　そんなことを考えていると、遠くから悲鳴のような声が聞こえてくる。

しばらくすると扉から受験生が飛び出してきた。ボールは持っておらず、青い顔をしていた。

「では次の方」

淡々と促す職員に、受験生たちはゴクリと唾を飲み込んだ。

その後も多くの受験生が人工ダンジョンに挑戦するが、ある者は絶叫しながら逃げ帰り、ある者はボールを取ってくるも時間がかかりすぎる。

ある者は自力で帰ることができず、職員が助けにいく始末。

「いや～予想以上に苦戦してるみたいだな。まあ、その方がやる気は出るけど」

神楽坂はやはり楽しそうだ。自分の番が来ると「はいはーい！」と手を上げて走っていく。途中で立ち止まって振り返った。

「私が最速記録を出すからな！　期待してろよ」

親指を立てたあと、そのまま鉄扉《てっぴ》をくぐっていく。

「大丈夫かな。あいつ……」

だが心配は杞憂《きゆう》に終わる。三分も経《た》たないうちに扉が開いた。

「あ――――しんどい！　思ったより百倍しんどかった。なんなんだ、あの量は⁉　どう考えても嫌がらせだろ？」

肩で息をしているが、神楽坂の右手にはオレンジ色のボールが握られていた。

「今のところ最速記録ですね」

職員がストップウォッチを見ながら呟《つぶや》くと、受験生の間から「おお～」と歓声が上がった。

「まあ、私にかかればこんなもんよ。けっこう疲れたけど」

フフンと笑いながら神楽坂が戻ってくる。悠真が「凄《すご》いな」と言うと「当然の結果だ」とアゴを上げた。

「では次の人」

「あ、はい！」

職員に呼ばれ、悠真が慌てて行こうとすると、神楽坂が呼び止める。

「おい！　落ち着いていけよ。慌てなければ大丈夫だ」

「あ、ああ、分かった」

悠真は鉄扉の前まで歩き、深呼吸をする。

「準備はいいですか？」

「はい、大丈夫です」

職員が扉を開ける。緊張しながらも悠真は足を踏み入れた。今までの受験生を見る限り、かなりたくさんの魔物がいるのだろう。

その魔物に怯《ひる》まず先へ進めるかどうか。それがこの試験をクリアするポイントみたいだ。

悠真はそう思いながら人工ダンジョンへ入っていったが――

「あれ？」

視界に入ってきたのはコンクリートでできた廊下と壁と天井。見た目はビルの通路といった感じだ。

蛍光ライトが天井にあり、けっこう明るい。

これが人工ダンジョンかと感心するものの、想像と違っていたのは魔物の数。

溢《あふ》れるほどいっぱいいると思っていたが、実際は通路の端に〝レッドスライム〟が固まっているだけ。

遠くでピョンピョンと飛び跳ねているものもいるが、向かってくるどころか、むしろ逃げていくように見える。

「なんだ？　どうしたんだろ」

悠真はそのまま通路を歩いていく。レッドスライムが邪魔をする様子はなく、隅っこにくっついたままプルプルと震えている。

「いいのか？　行っちゃうぞ！」

魔物が襲ってこないため、なんの問題もなくスムーズに通路を進み、ボールの入った箱に辿《たど》り着いた。オレンジのボールを一つ取り上げ、悠真は不思議そうな顔をする。

「なんでスライムは襲ってこないんだ？　元気がないようにも見えるけど……」

その時、悠真はハタと気づく。

「あ！　もしかして疲れたのか⁉　けっこうな人数相手にしてるし、俺の前は神楽坂だったから、余計疲れたってことか？」

悠真はなるほど、と納得した。それならレッドスライムが悠真を避けようとする理由も分かる。とにかく休みたいんだろう。

「だとしたらラッキーだ！　前に入った神楽坂にも感謝だな」

悠真はスキップしながら入口へと戻り、鉄扉から外に出た。ストップウォッチを持った職員は目を丸くする。

「二分二十八秒、これまでのトップタイムですね」

おお～と受験生の間から声が上がる。悠真は頭を掻《か》きながら神楽坂の元へ行く。

「すごいじゃないか！　私より速いとは、やるな！」

「いや、神楽坂のおかげだよ。ありがとな」

その言葉に神楽坂は頭に「？」マークを浮かべていたが、悠真は気にせず試験をクリアできたことを素直に喜ぶ。

その後も試験は続いたが、悠真の次に入った受験生はレッドスライムに襲われたらしく、泣きながら逃げ帰ってきた。

あ～あ、休憩が終わって元気になってきたんだな、スライムたち。運が悪いと酷《ひど》い目にあうってことか。

悠真は自分の幸運に胸を撫《な》でおろしつつ、他の受験生を気の毒に思った。

全ての試験が終了し、受験生は各々《おのおの》帰り支度を始める。悠真と神楽坂も地下から上がり、二人で廊下を歩いて施設の外へ出た。神楽坂は大きな伸びをする。

「じゃあ、私はここで帰るよ。二人そろって合格してたらいいな、三鷹《みたか》！」

「ああ、そうだな」

最初は馴れ馴れしいなと思ってたけど、案外いいヤツかもしれない。神楽坂か。

本当に一緒に学べればいいなと思いつつ、手を振って去っていく赤髪ポニーテールを、悠真は静かに見送った。

◇◇◇

一週間が経ち、ＳＴＩから合否の結果が封書で届いた。結果は――

「いよっしゃああ！」

悠真は思わずガッツポーズして椅子から立ち上がる。封筒の中には合格と書かれた証書と、施設案内のパンフレットが入っていた。

受かっているか不安でしょうがなかったため、喜びも一入《ひとしお》だ。

「ちょっと悠真、うるさいわよ！」

一階から母親が文句を言ってきた。悠真は「ああ、ごめん」と返し、椅子に座って改めて合格証を眺める。

入学手続きをしなくちゃいけない。しかし悠真は普通の大学を受験し、すでに合格していた。両親は当然大学へ行くものだと思っている。

「ちゃんと説明して説得しないとな……」

その日の夜――

「どうしたの？　悠真」

リビングにあるテーブルについた母親が、不安気に悠真を見つめる。

悠真の正面には父が座り、隣に座る母と顔を見交わす。話があると真剣な表情で悠真に言われたため、両親は困惑していた。

悠真がそんなことを言い出したのは初めてだったからだ。

「なにか悩みでもあるのか？」

父が心配そうに尋ねる。悠真の父親は温厚な性格で、怒ったことなど一度もなかった。

だが長年、郵便局に勤める仕事気質《かたぎ》な人だ。

お前の考えなど甘いと一喝されるかもしれない。

そんなことを思いながら、悠真は口を開く。

「進学のことなんだけど……」

「進学がどうしたの？」

母親が落ち着かない様子で声をかける。重苦しい空気が漂うのを感じて、悠真はゴクリと喉を鳴らした。

「俺、大学行くのをやめて、国の探索者《シーカー》育成機関に行こうと思うんだ」

悠真《ゆうま》の言葉に、両親は目を丸くした。

「国の探索者《シーカー》育成機関？　なんだそれは？」

父は眉根を寄せて聞いてくる。悠真でも知らなかったくらいだ。父が知らないのは当然だろう。

「探索者《シーカー》になるための養成学校だよ。今はそこを卒業しないとダンジョン関連の企業には就職できないんだって」

「悠真……あなた探索者《シーカー》になりたいの？　そんなこと、今まで一度も言ったことなかったじゃない」

母が驚いた表情を見せる。

「じ、実は前から興味があったんだ。もう育成機関の試験も受けて合格してる」

「「ええっ!?」」

両親は目を見開いたまま悠真を見つめる。鳩《はと》が豆鉄砲を食らったような顔とは、こんな感じだろうか？

「どうして相談してくれなかったの！　受験料は？　親の許可はいらないの？」

母親に矢継ぎ早に質問されたので、悠真は一つずつ答えていく。受験するだけなら簡単な手続きで、お金もほとんどかからないこと。

育成機関は半年で卒業できるが、成績が悪ければ途中退所になること。

半端《はんぱ》な気持ちではなく、本気で挑戦したいこと。合格していた大学は、一旦休学にしたいこと。

もし金銭的な負担が大きいなら、大学の合格を辞退したい旨《むね》も伝えた。

全てを悠真から聞いた父は「う～ん」と唸《うな》り、腕を組んで目を閉じた。

隣にいた母親は、そわそわしながら黙って見守る。家族に関する決定は父が行う。

「その学校の授業料はいくらなんだ？」

目を開け、居住まいを正した父が悠真に尋ねる。

「授業料はタダだよ。だけど全寮制だから、その生活費や勉強に使う教材なんかはお金がかかる」

話を聞いた父はテーブルに視線を落とし、かけていたメガネを指で押し上げる。

「探索者《シーカー》というのは危険な仕事じゃないのか？　私は詳しくないが、命を落とす人もいると聞く。その学校を卒業したとして、本当にやっていけるのか？」

心配になるのは当然だろう。探索者《シーカー》はダンジョンで魔物を倒し、魔宝石を回収する仕事。

常に危険が付きまとうのは間違いない。

そんな仕事を息子がしたいと言い出したんだ。簡単に認めてくれるとは思えない。

悠真は恐る恐る口を開く。

「危険なのは分かってる。でもやってみたいんだ。そのための勉強も始めてる」

「それは大学を卒業してからじゃダメなのか？」

もっともな意見だ。だが悠真は首を横に振る。

「大学はやりたいことがなかったから行くことにしたけど、やりたいことができた以上、もう行く意味がないと思うんだ」

「そうか……」

そう言って父は黙ってしまう。母は何か言いたげだが、あえて口を挟まないようにしていた。ややあって父が口を開く。

「今まで……悠真が自分の考えを言うことはなかったからな。少し驚いた。なんと言うか、何事にも無気力な性格なのかと心配してたんだ」

そう思われても仕方ない。悠真も充分自覚はあった。

「だから悠真の意思をはっきり聞けたのは、嬉《うれ》しくもあるんだ。やりたいことがあるなら挑戦したらいい」

「え、いいの？」

「ああ、大学には休学届を出しておく。その育成機関を卒業して、探索者《シーカー》としてやっていけると思ったら言いなさい。その時は退学届を出すから」

話を聞いていた母親も頷《うなず》いて微笑《ほほえ》む。受験料は無駄になるし、休学しても授業料の一部などはかかるはずなのに。

両親に悪いと思いつつも、悠真はその優しさに甘えることにした。

「ありがとう！　俺、がんばるよ」

悠真は自分の部屋がある二階へと駆け上がり、さっそく準備することをノートに書き出していく。

買い揃《そろ》えなきゃいけない物もあれば、勉強しなければいけないこともある。

そしてなにより――

「ルイや楓《かえで》に伝えなきゃな」

◇◇◇

四月一日、川べりのソメイヨシノが満開となり、風で飛んだ花びらがヒラヒラと舞っていた。

晴れわたる空よりも清々《すがすが》しい気持ちで、悠真は探索者《シーカー》育成機関の正門をくぐる。

辺りを見回せば、STIに合格したであろう生徒たちがちらほらと歩いていた。それはそうだろう、今日がこの探索者《シーカー》育成機関、STIの入学式なのだから。

悠真はご機嫌で鼻歌を歌いながら、立ち止まって後ろを振り返る。

「おい！　遅いぞ二人とも、さっさと行こうぜ」

悠真の視線の先、ルイと楓が困ったような表情を浮かべる。

「もう、はしゃぎすぎよ！」と苦言を言う楓と「慌てなくても、時間に余裕はあるよ」と諭すルイ。

悠真は両親に許可を取ったあと、早々に探索者《シーカー》育成機関に行くことをルイと楓に告げていた。

突然の話に二人は驚いた様子だったが、楓は「また、三人一緒だね！」と喜び、ルイも「悠真が探索者《シーカー》に興味があったなんて知らなかったな」と戸惑いつつも「嬉しいよ」と受け入れてくれた。

急遽《きゅうきょ》、STIへの入学を決めたので慌ただしい入学準備になったが、悠真は胸が高鳴って仕方なかった。

――なんと言っても俺には特別な力があるからな。ひょっとするとSTIをトップの成績で卒業できるかも。

　悠真がグフフと不気味に笑っていたため、ルイと楓は顔を見合わせ困惑していた。

◇◇◇

「えーみな様、本日は探索者《シーカー》育成機関ＳＴＩにご入学、おめでとうございます」

　演台の前に立つ、偉そうなおっさんの長話が始まった。今いるのは本校舎第一棟の第三会議室。試験を受けた所とは別の場所だ。

　悠真がキョロキョロと辺りを見回せば、百名ばかりの生徒がスーツを着込み、姿勢を正して静かに座っている。

　番号順に着席しているため、ルイや楓とはバラバラになってしまった。

　会場の端には生徒を囲むように、教師と思われる人たちが立ち並ぶ。全員探索者《シーカー》なのだろうか？

　お偉いさんの長話が終わり、別の職員がＳＴＩの生活について説明する。今日は授業がなく、簡単なオリエンテーションだけと聞いていた。

　全寮制のため、自分の部屋はどこになるんだろう？　と考えていると――

「では、さっそく組分けを行います」

「ん？　組分け？」

ちゃんと説明を聞いていなかった悠真は、なんのことかと首をかしげる。

「まずは一組から。名前を呼びますので、呼ばれた方はこちらに来て下さい」

名前が呼ばれた者は立ち上がり、後ろで手を上げる教師の前に並んでゆく。

一人、また一人と呼ばれるたび「おお」と声が上がるが、なにが「おお」なのか悠真にはさっぱり分からなかった。

一組にはルイと楓も入ったようだ。

――あの二人は一緒か、だったら俺も一組に入りたいな。

そんなことを考えていると、ひときわ大きな歓声が上がる。

「なんだ？」

悠真が視線を走らせると、歩いている一人の女性に目が留まった。赤髪のポニーテール、小麦色の肌。そしてモデルのような体形。

見覚えのある容姿に、悠真は思わず目を見開く。

「あれは……神楽坂《かぐらざか》？」

一組の組分けが終わると、続いて二組の組分けが行われた。だが、ここでも悠真の名前は呼ばれなかった。

「ええ～残った方々が三組になります。それぞれの先生の指示に従って移動して下さい。入学式は以上となります」

一組と二組は教師に先導され、会場を後にする。楓やルイも行ってしまった。

悠真は同じ組になる人たちを見る。なんだか年上の人が多いように感じるが、気のせいかな？

「おう、兄ちゃん。これからよろしくな」

後ろから急に声をかけてきたのは、ガタイのいいおじさんだった。

短髪で顎鬚《あごひげ》を生やし、日焼けした肌が特徴的だ。

「俺は芦屋《あしや》亮介《りょうすけ》だ。今年で三十だから、ここの学生の中では最年長だな」

「は、はあ……」

「おいおい、今日からクラスメイトなんだぜ！　名前ぐらい教えてくれよ」

「あ、ああ、すいません。三鷹《みたか》悠真です。十八です」

「十八か！　だったら最年少と最年長だな。まあ、仲良くしようぜ！」

そう言って芦屋は「がははは」と豪快に笑った。

三組の移動も始まり、施設の廊下を歩いてゆく。まずは自分たちが使う寮の部屋に行くようだ。

本校舎である第一棟の四階、西側に三組の寮がある。

二人一部屋のようで、悠真《ゆうま》が入った部屋にはすでに一人の男性が立っていた。

「あ、あの……三鷹です。よろしくお願いします」

悠真が声をかけると、背を向けていた男性はピクリと反応して振り返る。

「やあ、僕は浜中《はまなか》っていうんだ。よろしく」

背の低い小太りのおじさん。髪は七三に分け、かけている丸いメガネをクイッと上げる。

正直、ＳＴＩに入れる年齢には見えない、見た目だけなら四十歳ぐらいだろうか。

「三鷹悠真です。年齢は十八です」

「十八歳か……若いね。僕は二十三歳だ」

「ええっ⁉」

思わず声が出る。「どうしたの？」と聞かれて、「い、いえ、なんでもないです！」と泡を食って答えた。

その後、三組専用の教室に集まり、席順などを確認する。悠真は前から三列目、窓際《まどぎわ》の席に座る。

仲良くなった芦屋と、ルームメイトの浜中も近くの席だ。

この二人とは卒業まで行動を共にするかもしれない。

担当となる教師が自己紹介し、悠真たち生徒も一人ずつ前に出て自己紹介した。めんどくさいと思いながらも、無難に挨拶を済ませる。

三組は全部で三十四人もいるため、そこそこの時間がかかった。

途中、休み時間に入ると――

「なあ、知ってるか？」

前の席に座る芦屋が、振り返ってしゃべり出す。

「なんですか？」

「この組分けの基準だよ。入学試験の時の成績順で決まってるらしいぞ！」

「え!?　そうなんですか？」

そんな話は初めて聞く。悠真が驚いていると、今度は後ろから声がかかる。

「それ、僕も知ってますよ。探索者《シーカー》育成機関の卒業生がＳＮＳに書き込んでた情報ですよね」

二列後ろに座っていた浜中が近くまで来ていた。悠真の声が思わず大きくなる。

「じゃ、じゃあ一組が成績優秀ってことですか!?」

「まあ、そういうことだな。そうなると必然的に成績が一番悪いのが三組ってことになる。俺たちは始まる前から落ちこぼれってことだ」

世の中は厳しいな、と言って芦屋は豪快に笑った。

だが、悠真からすれば笑い事ではない。ルイと楓は一組にいるのだ。自分だけが落ちこぼれ扱いになるなんて、かっこ悪すぎる。

「一組と言えば、今年は試験で歴代最高の数値を叩《たた》き出した生徒が二人いたらしいよ」

そう言ってメガネをクイッと上げたのは浜中だ。この手の噂《うわさ》が好きらしい。

「歴代最高って……『マナ上昇率』の数値ってことですよね？」

「そうそう、一人は間違いなく神楽坂シオンだと思うけど」

「神楽坂が⁉」

浜中の口から出てきた名前に、悠真は驚いて聞き返した。

「そりゃそうだよ。なんたって、あの神楽坂製薬のお嬢様なんだからね。僕たちとは人種が違うよ」

「神楽坂製薬って……なんですか？」

「えぇっ⁉」

芦屋と浜中が目を見開いて悠真を見る。

「おいおい、ホントに知らないのか？　有名なダンジョン関連企業だぞ！」

「はあ……俺、あんまりそういうのに詳しくなくて」

悠真の言葉を聞いて、芦屋と浜中は呆《あき》れた顔になる。芦屋はハアと息を吐き、

「まあいいや。とにかく神楽坂シオンってのは有名な企業の娘なんだ。だから探索者《シーカー》志望って話を聞いた時は、みんな驚いたんだよ」

「なるほど……」

あの赤髪ポニーテール、そんなに凄《すご》い企業の御令嬢だったのか……全然、そんな風には見えながったけど、今度会ったら声をかけてみるか。

「もう一人の記録更新者は、たぶんエルシードのおメガネにかなった高校生だと思うよ」

浜中が楽しそうに話す。エルシードのおメガネにかなった高校生？　まさか――

「ああ、そいつなら知ってるぜ。新聞でも取り上げられてたしな。『赤のダンジョン』で女を助けたとかなんとか、確か名前は……あま……あまなんとか」

「天沢《あまさわ》ルイ」

「ああ、そうそう、それだ！　天沢ルイ。写真を見たが、なかなかのイケメンだよな」

芦屋は納得するように、うんうんと頷《うなず》く。逆に悠真は顔を曇らせた。

それが本当なら、ルイは探索者《シーカー》の世界でも才能があり、抜きん出た存在だということ。

自分との差がどんどん広がっていくような気がした。

悠真がそんな心配をしていると、浜中がクスクスと笑いながら、どこから仕入れたのか

分からない情報を口にする。

「あと、この三組に『マナ上昇率』がゼロだった生徒がいるらしいよ」

「マジかよ！」

芦屋が食いつく。

「そんなヤツ初めてじゃないのか？　よく学校に受かったな」

「まあ測定ミスの可能性もあるし、後々マナが上がっていくケースもあるから、取りあえず合格になったんじゃないかな」

「ちなみに誰か分かってんのか？」

芦屋は興味津々《きょうみしんしん》で聞くが、浜中は首を横に振る。

「さすがにそこまでは分からないよ。試験の結果は今日あたり配られると思うから、その時分かるんじゃないかな」

浜中の話を聞きながら、悠真は思考を巡らせる。ルイや神楽坂のように才能が認められる者もいれば、その逆もある。

世の中はどこまでいっても残酷だなと、悲しい気持ちになった。

そして浜中の言う通り、その日のうちに試験の結果が書かれた紙が全員に配られた。

悠真はＡ４サイズの紙に目を落とす。紙を持つ手はプルプルと震え、言葉を失った。

――ゼロ！　……俺が『マナ上昇率』ゼロ⁉

紙には筆記試験の成績と、マナ上昇率の数値が書かれていた。

筆記試験の成績は悪くない、まあまあといった所だ。なのにマナは〝レッドスライム〟を倒す前と後で変わらずゼロなのだ。

――レッドスライムって、必ずマナが上がるんじゃなかったのか⁉

「あれれ！　マナゼロって三鷹くんだったの？」

後ろから声をかけられ、悠真はビクッと肩を震わす。振り向くと成績表を持った浜中が立っていた。

辺りを見れば、みんな席を立ち教室から出ていこうとしている。悠真が成績表を睨《にら》んでいる間にガイダンスが終わり、解散になったようだ。

「なに⁉　マジか！　見せてみろ三鷹」

芦屋が悠真から紙をひったくる。「ああ！」と情けない声を出す悠真だが、もう手遅れだ。

「ホントにゼロだな。逆にスゲー」

なにが凄いんだかさっぱり分からない。芦屋と浜中は自分たちの成績表と見比べたあと、紙を悠真に返した。

「お前、よくこの数値で合格できたな。普通なら問答無用で落とされるぞ」

不思議がる芦屋から紙を受け取った悠真は、「他の試験でいい成績出したんですよ！」と強がってみせる。

だが、まさかマナの数値がゼロだとは思ってなかった。ハァーと深い溜息《ためいき》をつき、肩を落として項垂《うなだ》れる。

「まあ、そんな落ち込むなって。俺たちはゼロじゃなかったが、かなり低いんだ。結局のところ、三鷹とそんなに変わんねーよ」

芦屋はそう言うと、ニッと笑って悠真の背中をバンバン叩く。

悠真は苦笑いを浮かべ「はあ……」と返すのが精一杯だった。このダメージは、しばらく抜けそうにない。

その後、芦屋と浜中の成績表も見せてもらったが、『マナ上昇率』は芦屋が０・23、浜中が０・19だった。

他の人と比較してないのでよく分からないが、決して高くはないのだろう。

「しゃーねー、俺たちには『マナ上昇率』の才能はねえってことだ。だけどな、まだ諦めるのは早いぜ！」

芦屋の言葉に浜中も頷く。

「そうだね。成長は遅いかもしれないけど、その分『マナ上限値』が高いかもしれない。そうなれば大器晩成型。むしろ企業はそっちの方を欲しがるだろうね」

「なるほど！」

浜中の話に、悠真のテンションは少しだけ上がった。

スタートラインでは差をつけられたかもしれないが、遅くてもゴールラインを切れば、それでいいんだ。

「三鷹《みたか》も気にすんなよ！　測定はできてなくても、微量のマナは身についてるはずだからな。長くやってれば、いずれ数値化されるさ」

「そうですね」

悠真は明るく微笑《ほほえ》む。芦屋《あしや》の言う通り、魔物を倒していけば必ずマナは上がるだろう。

勝負はまだまだこれからだ。


それから二週間。悠真は探索者《シーカー》育成機関のカリキュラムを必死にこなした。

人工飼育されているスライムを倒し、ダンジョンの関連法規や社会情勢に関する知識を頭に詰め込む。

実際のダンジョンに入っての実地訓練もあった。

組が違うため、ルイや楓《かえで》と会う機会はほとんどなくなったが、メールでのやり取りは続けていた。

そんな二人に代わって仲が深まったのは、やはり芦屋と浜中《はまなか》だ。

芦屋は元々大工をしていたが、一攫千金《いっかくせんきん》を夢見てSTIに入ったと言う。

浜中は大学卒業後、就職もせず部屋に引き籠っていたらしいが、ダンジョンや探索者《シーカー》関連の情報を集めるのが趣味となり、好きが高じてSTIに入ったそうだ。

悠真《ゆうま》を含めた三人の成績はと言うと――

「はあ～やっぱり伸びねーな」

芦屋が自分の成績表を見て溜息をつく。それは悠真や浜中も同じだった。

二週間、魔物を倒し続けた結果。

芦屋　マナ指数　12・31
浜中　マナ指数　11・63
悠真　マナ指数　0・00

「いや～、三鷹は相変わらずゼロか……これはこれで才能なんじゃないか？」

あっけらかんと言う芦屋を、悠真は軽く睨む。

マナがまったく上がらないなら、大器晩成もクソもない。このままでは二ヶ月ごとにある中間考査で、確実に落ちてしまう。

まさかと思うが、金属スライムを倒しまくったせいで変な影響が出てるんじゃ……。

「つってもよ。俺たちもマナ指数11から12だぜ？　あと一ヶ月半で最低50はクリアしないと退所だ。置かれてる立場は三鷹と変わらねえな」

芦屋は椅子の背もたれに体を預け、腕を組んでしかめっ面《つら》をした。

この養成機関では二ヶ月に一度〝マナ〟の測定が行われる。最初は50、次の考査では100、六ヶ月目の最終考査で150を突破する必要があった。

仮に『マナ上限値』が高く、後々マナが伸びたとしても、養成機関《STI》に残れなければ話にならない。

そういう意味では、三人とも崖っぷちに追い込まれていた。

「やっぱり僕みたいな人間が探索者《シーカー》になるなんて、土台無理だったのかな」

浜中が呟《つぶや》くと、芦屋はふんすと鼻を鳴らす。

「まだ時間はあるだろ？　最後までみっともなく足掻《あが》こうぜ！」

「でも一組の生徒はもう〝魔法〟が使えるヤツもいるそうだよ。三組にはまだ一人もいないのに！」

浜中が教室を見渡し、苛立《いらだ》った様子で言う。悠真も辺りを見回すと、確かに配られた成績表を見て、暗い顔をしている生徒は多い。

一組と三組では、残酷なほど才能の差があるようだ。

――それでも。

諦める訳にはいかない。なんとか中間考査を突破して、ルイや楓と一緒に卒業しないと。

悠真は残りの時間、全力を尽くそうと気持ちを新たにした。

◇◇◇

イスラエル・国際ダンジョン研究機構。

自分の研究室に籠っていたイーサン・ノーブルは椅子に腰かけ、持っていたツイスト式のボールペンをクルクルと回していた。

デスクに置かれた資料をめくり、一枚ずつ目を通しながらペン尻をアゴに押し当てる。

眉間にしわを寄せていると、ドアがノックされ一人の男が入ってきた。

助手のクラークだ。

「どうだい？　なにか情報は入ってきたかな？」

「いえ、ダメですね。世界中にアンテナを張っていますが、【黒の王】に関する情報は一切ありません。本当に倒されたのでしょうか？」

オルフェウスの石板に変化があってから数ヶ月経《た》つ。だが有用な情報はなにひとつ上がってこなかった。

通常では考えられないことであるため、クラークは黒の王が倒されたということ自体、疑い始めていた。

オルフェウスの石板に起こる事象はまだ研究中であり、科学的に解明された訳ではない。黒の王が死んだかどうかなど、確かめようがないのだ。

しかしイーサンはまったく疑ってない様子で「間違いないよ」とにこやかに答える。クラークは短く息を吐き、別の報告を行う。

「イーサン、マヤから人工ダンジョンに関する意見をまとめて、レポートにして欲しいと依頼がきています」

クラークは百ページほどある報告書の束をデスクに置いた。

イーサンは「人工ダンジョン？」と言って顔をしかめると、ペンを使い報告書のページをめくる。

「最近アメリカで起きた事故の件です。アメリカのダンジョン協会が調査したそうですが、未《いま》だ解明されていません」

「ああ、あれね。私はそもそも『人工ダンジョン』には反対なんだよ。ダンジョンはまだ未知な部分が多いからね。それを人工的に再現しようなんて……おこがましいとは思わないか?」

イーサンは興味なさげに報告書から目を逸《そ》らす。

クラークは溜息をついた。イーサンがやる気を見せない案件でも、それをやらせるのが助手の仕事だ。

「今、世界中で『人工ダンジョン』に関する事故が相次いでいます。原因を見つけ出さないと大変な事態になるかもしれませんよ」

「そんなものに手を出すから悪いんだよ。特に人工ダンジョンを使った魔物の研究はいただけないね」

イーサンはペン尻でカリカリと頭を掻《か》く。

「科学を過信しすぎると……今に痛い目にあうと思うよ」

◇◇◇

ＳＴＩでの生活が始まって二ヶ月近くが過ぎた。

この頃になると一組から三組まで合同で行う授業が多くなり、悠真もルイや楓たちと会う機会が増えていた。

「おう、ルイ。今日は人工ダンジョンの三階層まで入るんだろ？」

ストレッチをしていたルイに声をかける。今いるのは校舎第一棟にある広いホールだ。

一組から三組の生徒が集まり、ガヤガヤと会話をしていた。

「ああ、一組から選抜された十五人が入るんだ」

「楓も行くのか？」

「うん、そうだよ。救世主《メサイア》の候補生が二人入って、それを僕ら探索者《シーカー》志望の生徒が守るって感じかな」

「へ～」

悠真はルイの腰にチラリと目をやる。そこには『赤い宝石』が付いた剣がぶら下がっていた。魔法付与武装──

魔宝石を組み込んだ武器で、マナを流すと強力な〝魔法〟を使うことができる。

現役の探索者《シーカー》が使うとされる代物だ。

「なあ、お前が持ってた〝朱銀のルビー〟を取り込んだって聞いたけど、本当なのか？」

「うん、本当だよ。昨日飲み込んだからね、今日の実地訓練で試そうと思ってるんだ」

「そうか……」

ルイが高校時代に『赤のダンジョン』で獲得した魔宝石〝朱銀のルビー〟。マナ指数が700もあり、千四百万円もすると言われたお宝だ。

それをあっさり取り込めたってことは、ルイのマナ指数が700以上あるということ。

ルイの成長の速さには、素直に脱帽するしかなかった。

「おーい！　一組で選抜された生徒は集まってくれ」

教師が西側にある扉の前で手を振っている。あの扉の向こうにあるのが人工ダンジョンの入口。

今は強めの魔物が放たれているため、一部の生徒しか入ることのできない上位者向けの訓練施設になっている。

「じゃあ、行ってくるよ」

「ああ」

爽やかな笑顔を残し、ルイは走っていく。

どう考えても埋めようのない差が開いてしまった。そのことは認めざるを得ない。

「他の生徒はモニター室に集まってくれ。選抜組の様子を見学するからな」

「「はーい」」

多くの生徒が移動を始める。ホールの二階にあるモニター室に集まり、立ち並んだまま教師が来るのを待った。

「おい、三鷹《みたか》。どこ行ってたんだ？　探したんだぜ」

隣に立った芦屋《あしや》が声をかけてくる。

「ちょっと幼馴染《おさななじみ》と話をしてて……」

「幼馴染って、天沢《あまさわ》か！　アイツはいいよな。いつも注目の的だ」

遠くを見ながら愚痴を零《こぼ》す芦屋に、「俺を探してたって、なにかあったんですか？」と悠真が尋ねる。

すると「僕が話すよ」と横から急に声がした。

見れば小太りの浜中が、いつの間にか隣に立っている。メガネをクイッと指で押し上げ、下から悠真を見上げる。

「三組から、とうとう〝魔法〟を使える生徒が出てきたんだよ」

「マジっすか⁉」

思わず声が大きくなる。一組ではほぼ全員が、二組では半分近くが魔法を使えるようになっていた。

しかし三組はマナ指数が低い者が多く、魔法が使える者は一人もいなかった。本当なら明らかに朗報だ。

「誰ですか？」

「三組のエース、村瀬《むらせ》さんだよ。マナ指数は120くらいあるからね。〝水の魔宝石〟をもらって体内に取り込んだらしいよ」

浜中《はまなか》が指差す先、快活に笑うセミロングヘアの女性がいた。

村瀬は二十四歳の元ＯＬ。三組の中では一番『マナ上昇率』が高く、中間考査の基準も早々にクリアしていた。

「いいよな、才能のあるヤツは……タダで〝魔宝石〟も貰《もら》えるみたいだしな。俺たち退所確定組とは全然違うぜ」

芦屋はハッハッハと笑うが、悠真《ゆうま》や浜中は視線を落とす。

あれからやれることは全部やった。教師に頼み込んで、より多くの人工飼育された魔物を倒し、休日には三人連れ立って『青のダンジョン』へ足を伸ばした。民間人でも入れる低層のダンジョンだが、なるべく深くまで潜り、強そうな魔物を討伐する。

だが、思うような結果は得られなかった。

中間考査を間近に控え、芦屋はマナ指数41・23、浜中は35・62。悠真に至ってはゼロである。

ＳＴＩの教師からは、こんなに才能がない生徒は初めて見たと言われる始末。

ここまでくれば認めざるを得ない。自分には才能がないと――

しばらくするとモニター室に、一人の教師が入ってきた。髪は黒くフサフサだが、明らかにカツラと分かる中年の男性。

チョビ髭《ひげ》をいじりながら、生徒たちの前に立つ。

「あーみなさん、お疲れ様です。今から選抜組の模擬訓練を見ていただきますが、とてもいい勉強になると思います。残念ながら、この中の何人かは中間考査で退所になるかもしれませんが、ダンジョンというのは危険な場所です。魔物を倒し、無事に帰ってくることができなければ探索者《シーカー》という仕事は務まりません。今回の模擬訓練の見学を通して、その厳しさを学んでいただければたいへん有意義だと思います。では――」

チョビ髭の教師――主任教官の滝沢《たきざわ》は、隣にいた職員になにかの指示を出す。

このＳＴＩでは校長に次いで偉いらしく、周りにいる教師や職員たちはペコペコと頭を下げながら、滝沢の言うことを聞いていた。

穏和な見た目とは裏腹に、かなり厳しいとの噂《うわさ》もある。

もっとも三組に顔を出すことなど、ほとんどないが。

部屋の正面にある大型モニターに、扉をくぐる選抜組が映し出された。ルイや楓《かえで》、神楽《かぐら》坂《ざか》といった面々がいる。

三人とも今ではエリート中のエリートと呼ばれ、教師たちから期待されていた。今回も活躍して評価を上げそうだ。

画面が切り替わり、今度は人工ダンジョンの一階層を歩く様子が映し出される。

どうやら色々な場所にカメラがあり、スイッチングしてメインモニターに映すようだ。

部屋の両サイドにはサブモニターも置かれ、メインモニターとは違う映像が映し出されている。

確か三階層まで行くんだったな、と悠真は思いつつ、ダンジョンに足を踏み入れるルイを見やった。

◇◇◇

人工ダンジョン五階層。

研究室も兼ねているこのエリアに、数体の魔物が運び込まれていた。

魔物は通常、マナの充満したダンジョン内でしか生きることができないため、外に連れ出すと体が崩れ、砂となって最後は消えてしまう。

だが魔宝石を使った技術が発達し、マナが内在する空間を作れるようになってから、世界は大きく変わり始めた。

魔物を生きたまま運べるコンテナが開発され、その技術を利用して研究施設や人工ダンジョンまで作り出された。

東京の探索者《シーカー》育成機関で研究していたのは、主に『緑のダンジョン』にいる虫の魔物。それもかなり深い階層にいるものだ。

「アダマスの様子は？」

白衣を着た研究施設の所長、阿川《あがわ》が職員に声をかける。

「問題ありません。二匹とも大人しいもんですよ」

阿川が見つめる先、ガラス扉の向こうにいたのは、黒く大きな節足動物。見た目は巨大なダンゴムシだ。

それが二匹、六畳ほどの実験室でカサカサと動いている。

「ペルセフォネはどうだ？」

今度は別のガラス扉に視線を移す。実験室の中には太い木の枝が置かれていた。その枝にぐるりと巻き付いていたのは、人の背丈より大きいムカデの魔物。胴は黒光りし、三つの頭は別々の方を向いている。

「さっきまで興奮していましたが、今は落ち着いています。たとえ暴れてもこの強化ガラスは破れませんよ。ダイナマイトでも傷一つ入らない代物ですからね」

職員は淡々と答え、手に持ったレポート用紙になにかを書き込んでいく。

阿川は一つ頷《うなず》き、部屋の中央にある銀色の作業台を見た。台の上には白くゴツゴツした石が載せられている。

「問題はこれだな」

阿川は白い手袋をポケットから取り出し、手に嵌《は》めて石の表面を撫《な》でる。

石にはいくつもの電極が取り付けられ、延びたコードは大型の測定器に接続されていた。

「これずっとモニタリングしてますけど、本当に孵化《ふか》するんですかね？」

「私はそう考えている。化石状態で発見されたが、かすかに胎動が確認されているからな。魔物の卵であることは間違いない」

阿川はまるで自分の子供でも見るかのように、愛おしそうに石を眺める。

「でも、実際卵が孵《かえ》ったら危険じゃないですか？　なんの魔物か分かりませんし」

職員は当然の疑問を口にするが、阿川は笑って首を振る。

「大丈夫だよ。この卵が見つかったのは三十六階層。そんなに深い階層じゃない。それに生まれたとしても幼体だろう。心配することはないよ」

「しかし……」

職員は苦言を言おうとしたが、阿川が手で制した。

「心配するのは分かるけどね。仮に危険な魔物だったとしても、この部屋から出ることはできないし、フロアには何人もの探索者《シーカー》がいる。取り逃がすことなんて有り得ない」

自信を覗《のぞ》かせる阿川に、職員も「そうですね」と笑って返す。

「以前、ハンガリーのダンジョンで見つかった魔物の卵は〝新種〟だったからね。これにも期待できるよ。そうなれば学会に発表だってできる」

楽しそうに語る阿川の傍《かたわ》らで、卵の化石がかすかに動いていた。

◇◇◇

人工ダンジョン一階層。

教師の先導によって連れて来られた十五名の選抜組は、ダンジョンの入口付近で足を止めていた。

彼らがいる場所はダンジョンといっても、岩や土壁でできた迷宮ではなく、コンクリートで作られた人工的な建造物だ。

遊園地などのアトラクション施設にも見える。

「では、これより模擬ダンジョン探索を行う。目的は救世主《メサイア》を守りつつ、三階層の一角に置かれた〝魔宝石〟を持ち帰ることだ！　全員、支給された地図は持ってるな？」

教師に言われ、ルイたちはポケットから四つ折りにした紙を取り出す。事前に渡されたものだ。

「実際のダンジョンは地形や道順が分からない場合も多いが、今回は訓練なので使ってかまわん。三階層までの構造図を見ながら進め。もっとも〝魔宝石〟のある場所までは示されてないからな。それは自分たちで探すんだ」

教師の説明が終わり、十五名全員で出発することになった。なにかあれば、外で控える探索者《シーカー》が助けに来てくれる。

それほど心配はないだろうと思い、ルイは地図を片手に前に出る。

「僕が先頭に立つよ。神楽坂も前でいいかな？」

「ああ、いいぞ」

そう言って神楽坂は前に出てきた。『緑の魔宝石』がついた長い槍《やり》を持ち、自分の肩に乗せている。

「救世主《メサイア》の二人はこっちに来て！」

「うん、分かった」

楓はもう一人の救世主《メサイア》候補生の子の手を引き、集団の中央へとやってくる。

「他の人たちは左右と後ろの守りを厚めに固めて下さい。お願いします」

ルイの指示に誰も反論しなかった。一組では、すでにルイがリーダー的な存在になっていたからだ。そして神楽坂も大声で叫ぶ。

「魔物はどっから来るか分からないからな！　救世主《メサイア》を守れなかったら私たちの負けだ。気合入れていくぞ‼」

「おう！」

「任せて」

神楽坂もムードメーカーとして、クラスメイトから慕われていた。

なにより、この二人には圧倒的な実力があることを全員が知っていたため、文句を言う者などいない。

ルイは歩きながら、チラリと上を見る。監視カメラが至る所に取り付けられていた。

――ここからの行動は、全て評価の対象なんだろう。手は抜けない。

そんなことを考えていると、正面から奇妙な音がする。なんだろう？　と思いつつ警戒して足を止める。すると通路の角から突然なにかが飛んできた。現れたのはハエの魔物。

かなり大きく素早いため、後ろにいた女性の生徒からは悲鳴が漏れる。

だが、ルイは慌てることなく腰に帯びた剣を抜く。ハエは高速で飛びながらジグザグに迫ってきた。

ルイは息を吸い、ふぅ〜と吐きながら剣にマナを込める。刀身からは火花が散り、やがて燃え上がって炎刃《えんじん》と化す。

ハエが目前に迫った刹那——

剣閃《けんせん》が煌《きら》めく。

ルイが振り抜いた剣は、ハエを真っ二つに斬り裂いていた。分かれた胴体は、ぶわりと燃え上がり、砂に変わって消えていく。

「おお、さすがだな！　やるじゃないか」

神楽坂が笑いながら手を叩《たた》き、「天沢《あまさわ》がいたら、私らなんかいらないな」と軽口を叩く。

そんな神楽坂にルイは頭を振った。

「そうも言ってられないようだよ」

「なに？」

通路の角から、さらに何匹ものハエが飛んできた。少なくとも十匹以上はいる虫の群れに、神楽坂は目を見開く。

「おいおいおい、マジかよ！」

慌てて槍をかまえ、マナを流し始める。集団の中央で守られていた楓も、緊張で思わず顔を強張《こわば》らせていた。

そんな楓《かえで》やもう一人の救世主《メサイア》候補生を守るように、他の生徒たちが前に立ちはだかる。

今、行っている模擬訓練は〝魔宝石〟を取ってくるだけではなく、救世主《メサイア》の警護が重要な課題になっていた。

怪我《けが》でもさせれば不合格になるのは目に見えている。

「全力でいくぞ！」

「「おお‼」」

風の魔力を纏《まと》う神楽坂《かぐらざか》の槍撃《そうげき》、ルイの目にも留まらぬ炎の斬撃。それに負けじと、他の生徒もハエに攻撃を叩き込んでいった。

◇◇◇

「そろそろ模擬訓練が始まったかな？」

五階層にいた研究員の阿川が、天井を見ながら呟《つぶや》く。

「私は経験するの初めてですね。ここまで音や震動は聞こえてくるんですか？」

職員が資料を整理しながら阿川に尋ねる。聞かれた阿川は「いやいや」と口元を緩めた。

「さすがにここまでは聞こえてこないよ。まあ、五階層で訓練する場合は多少音がすることもあるけどね」

「五階層……このフロアを使う時は、それなりに強い魔物も用意されてるんですよね？」

人工ダンジョンは五階層まであり、最下層であるこのフロアは約半分が研究施設、残り半分は難易度の高いダンジョンとして使われていた。

「今、魔物はいないけどね。生徒たちが卒業間近になると、強めの魔物が用意されるんだ。まあ、強めと言っても二十階層くらいの魔物だけど」

「へ〜そうなんですね」

その時、職員の目になにかが留まる。

「あれ？　その心電図……」

「え？」

阿川が振り返る。そこには卵の化石とコードで繋《つな》がったホルター心電計があった。心電図は今まで見たことがないほど激しく動いていた。

「こ、これは……まさか孵化するのか？」

「ええっ⁉」

二人が台に載った化石を見ると、小さな亀裂が入り、カタカタと揺れていた。

「おお！　間違いない。すぐに本校舎に――」

鮮血が舞い、阿川の視界が暗転した。急に体が動かなくなる。なにも見えない、なにが起きたかも分からない。

遠くで職員の叫び声が聞こえた。だが、それもどんどん遠のいていく。

意識に霞《かすみ》がかかり、もうなにも考えられない。

阿川《あがわ》の思考はプツリと途切れ、なにもかもが止まってしまった。

◇◇◇

人工ダンジョンの三階層が、大型モニターに映し出される。

順調に進んでいるルイたちの姿を、悠真《ゆうま》はなんとも言えない気持ちで見つめていた。

ルイが使う炎の剣は、あらゆる虫の魔物を斬り裂き、一撃で倒している。虫の魔物に炎が有効なのは知っているが、それにしても一方的だ。

神楽坂も〝風の魔力〟を帯びた槍で、次々と魔物を倒していた。

彼らが使う【魔法付与武装】は誰にでも使える訳ではなく、適性がいるのだとか。ルイと神楽坂は、その適性が恐ろしく高いらしい。

「いやいや、想像以上だよな。あの二人」

芦屋《あしや》が隣の席から声をかけてくる。今は全員がパイプ椅子に座り、大人しくモニターを眺めていた。

私語は禁止と言われていたが、芦屋は気にしていないようだ。

「スゲースゲーとは聞いてたがな……ありゃ、もうバケモンだぜ」

それを聞いて、後ろに座る浜中《はまなか》も声をかけてくる。

「神楽坂はマナ指数900ほどあるらしいよ。天沢に至っては1000に達したとか」

「1000⁉」

悠真は思わず聞き返す。マナ指数1000は、大企業のプロ探索者《シーカー》レベルと聞いたことがあった。

──もうそんな高い所までいってんのか⁉

驚愕《きょうがく》する悠真を他所《よそ》に、ルイと神楽坂が率いる選抜組は、目的の〝魔宝石〟がある場所へと近づいていた。

「あいつらからしたら、楽なミッションだよな」

芦屋はそう言って肩をすくめる。悠真もそうだなと思った瞬間──

けたたましい警報音が鳴り響く。

『緊急事態！　緊急事態！　問題が発生しました。教師の指示に従い、避難して下さい。繰り返します……』

モニター室の明かりが落ち、赤いランプが点灯する。警報音が鳴りやむ様子はない。

生徒が騒然とする。

「なんだ⁉」

「電源が落ちたのか？」

「警備棟に連絡しろ！」

教師や職員たちも慌てふためき、バタバタと部屋を出ていく。生徒たちは呆気《あっけ》に取られ、芦屋は「どうしたんだ、一体？」と怪訝《けげん》な顔をした。

悠真も、なんだろう？　と暗くなった部屋をキョロキョロと見回していたが、正面にある大型モニターにふと目が留まる。

モニターは別電源らしく、まだ映像は生きていた。

ルイたち選抜組にも警報音が聞こえているようで、全員が戸惑っているように見える。

次の瞬間、彼らがいる通路の床がいきなり崩れる。突然の出来事に対応できず、一人の生徒がポッカリと空いた穴に、吸い込まれるように落ちていった。直後にモニターの電源が落ち、なにも映らなくなる。

悠真はガタリと椅子から立ち上がり、顔を強張らせた。

落ちていく生徒の顔がハッキリと見えたからだ。

――楓！

教師が落ち着くように、と指示を出す中、悠真は一も二もなく走り出す。

「お、おい！　三鷹《みたか》!?」

芦屋の声が聞こえる。だが悠真は足を止めることなく、モニター室を飛び出した。

◇◇◇

「おい、まずいぞ。一ノ瀬《いちのせ》が落ちた！」

神楽坂が狼狽《うろた》えるが、それ以上に心穏やかでなかったのはルイだ。

しかし、誰よりも冷静に状況を判断しようとする。

「恐らく、下でなにか起きたんだ。警告音はそのためだよ」

「おいおい天沢、なに呑気《のんき》なこと言ってんだ！　お前の幼馴染《おさななじみ》が下に落ちたんだぞ！」

「下には僕が助けに行く。みんなはすぐに避難してくれ！」

「で、でも……」

女子生徒の一人が口を挟むが、ルイは首を横に振る。

「みんなを危険に巻き込む訳にはいかない。なにより、僕一人で助けに行った方が早いと思うんだ」

それは穏やかな口調ではあったが、「足手まといだから来るな」という意味だった。

生徒たちは口をつぐみ、なにも言えなくなる。

自分たちの実力がルイに及ばないことは、誰もが分かっていたからだ。だが神楽坂だけは違っていた。

「かっこつけんな、天沢！　当然、私も行くぞ。戦闘能力だけなら、お前には負けねーからな！」

ギラリと光る目がルイを捉える。

「みんなは早く脱出してくれ！　警備の探索者《シーカー》もこっちに向かってるだろうから。私たちが下に行ったことも伝えといてくれ！」

神楽坂にも諭され、十二人の生徒たちは「分かった」「気をつけて」と言いつつ、上階へと駆けていった。

「さて、私たちも行くか天沢」

「すまない。神楽坂」

「なんの話だ？　クラスメイトを助けるのは当然だろ」

二人は崩れ落ちた床を見下ろす。穴の中は暗すぎてなにも見えないが、ルイと神楽坂は躊躇《ちゅうちょ》なく飛び降りる。

ガシャンッと崩れたコンクリートの上に着地し、辺りを見回した。

暗すぎるため、ルイは剣に炎を灯《とも》す。

わずかな光であるが周囲を見渡すことはできた。だが楓の姿はない。

「どうしていないんだ？　落ちただけならジッとしているはずだ」

戸惑うルイに神楽坂が答える。

「上階からこの床までは三メートル。人が落ちれば、足を怪我してもおかしくない。なのに移動したってことは、なにかあるんだ」

「なにかって……」

「見てみろ」

神楽坂が槍《やり》の切っ先で示す場所。かすかに血が滲《にじ》んでいた。

「これは⁉」

「血を流しながら移動したんじゃない。引きずられた跡だ」

ルイの顔から血の気が引く。だとしたら――

「魔物がいる。行くぞ天沢《あまさわ》！」

「ああ！」

二人は血が点々と続く方向へと走り出す。ルイは剣を握る手に力を込めた。

――楓《かえで》、今行く！

◇◇◇

モニター室から出た悠真は、階段を下りてダンジョンの入口がある部屋へと向かう。

ホールには探索者《シーカー》や職員と思われる人たちが、慌てふためきながら右往左往していた。

ダンジョンに行くようだ。悠真もどさくさに紛れて入ろうとするが――

「おい、君！　ここでなにしてる⁉」

紺と白の戦闘用スーツを着た男が声をかけてきた。腰に帯剣している。

STI専属の警備を担当する探索者《シーカー》だろう。

男性は怪訝な顔で悠真を見据える。

「い、いえ、ダンジョンに入った友人が心配で……」

「君も生徒か……ダンジョンにいる生徒たちは我々が救出する。君は教師の指示に従って安全な場所に避難しなさい！」

「は、はい」

探索者《シーカー》の男は頷《うなず》いて行ってしまった。大勢で救出に向かうようだが、彼らだけには任せておけない。穴に落ちていったのは楓なんだ。

なんとか自分で助けたいと思った悠真だが、これだけ大勢の探索者《シーカー》がいると、中に入るのは難しそうだ。

どうしようかと悩んでいた時、数人の職員が台車に載せた大きな荷物を運んできた。

一旦部屋の前に台車を止め、その場を離れていく。

なにかは分からないが、ダンジョンへ持ち込む物だろう。

「あれに隠れていけば……」

悠真は荷物の陰に隠れ、誰も見ていないのを確認してから「フンッ！」と体に力を込める。肌は黒く染まり、服は『液体金属』の中に取り込まれた。

金属の鎧《よろい》が全身を覆う。額からは角が伸び、体は二回りほど大きくなった。

見た目は完全に怪物の姿。いま人に見られたら大変なことになると悠真はドキドキしながら、辺りを見回す。

目の前には黒くて大きなボストンバッグがある。積み上がった箱と一緒に、台車に載せられていた。

なにが入っているのか知らないが、わずかに開いているジッパーの隙間に指を入れる。

指先はドロリと溶け出し、全身が『液体金属』となってバッグの中へと潜り込む。

悠真が完全にバッグの中に入ると、戻ってきた職員が荷物を載せた台車を押し、人工ダンジョンの入口へと向かった。

◇◇◇

人工ダンジョン五階層。研究室が併設されているこの階層では、プロの探索者《シーカー》が三人常駐していた。

警報音を聞き、慌てて警備室から駆けつける。

「おい、なんだこれは⁉」

探索者《シーカー》の一人が目を見開く。ガラス戸の向こうにある第三ラボに目をやれば、その室内は血の海となっていた。

そんな赤く染まった部屋の一角に、白衣を着た人間が二人倒れている。ここの研究員だろう。

探索者《シーカー》はカードキーを使い、慎重に扉を開く。前を歩く探索者《シーカー》二人がポリカーボネートでできた透明の警護盾を持ち、右手には火の魔法が使える警棒を携える。

その後ろには、改造したテーザーガンを持つ探索者《シーカー》の姿もあった。

テーブルを回り込み、倒れている研究員に近づく。すると手前にある銀色の台が目についた。

台の上には大きな石が置かれているが、大半が砕けているようだ。石の破片は床にまで散らばっていた。

石の破片を避《よ》けながら、探索者《シーカー》の一人がしゃがんで研究員の状態を確認する。

「……ダメだ。死んでる」

「その遺体、切り刻まれてるな。なにがあったんだ？」

三人は辺りを警戒しながら、ラボの奥へと進む。このラボに魔物が管理・飼育されていることは分かっているため、その魔物が逃げ出した可能性が高い。

しかし安全対策が何重にも講じられていた中で魔物が逃げ出し、研究員を襲うなど到底考えられなかった。

男たちはゴクリと喉を鳴らす。

「……奥に魔物を飼育する実験室があるぞ」

「俺が先に行く」

警護盾を持つ探索者《シーカー》が前に出る。足音を殺しながら歩いていくと、複数ある実験室のガラス戸が破られていた。

「これは……」

「中に魔物がいない！　外に出てるぞ‼」

一気に緊張感が高まり、探索者《シーカー》たちは辺りを見回す。ガラス戸はやはり刃物で切ったようにズタズタにされていた。

なぜこんなことに、と思っていると、テーブルの陰からなにかが飛び出してきた。

黒くて丸いフォルム。腰丈ほどもあるダンゴムシに似た魔物が、恐ろしい速さで突っ込んできた。

テーザーガンを持つ探索者《シーカー》が慌てて銃口を向けるが、間に合わず魔物の突進をまともに受けてしまう。

下半身に激突したことで足がすくわれ、回転して体を床に打ちつける。

痛みで唸《うな》っていると、どこからともなく現れた巨大なムカデと目が合った。しかもそのムカデには頭が三つもある。

「うわあああああああああ！」

逃げる間もなくムカデに襲われ、首や顔に噛《か》みつかれた。残りの探索者《シーカー》たちが助けに行こうとしたが、一人が異変に気づく。

なにか液体のような物が、天井から床に落ちている。男の一人が視線を上げた。

その光景を見て、背筋が凍る。

「上だあああああああああああ‼」

もう一人の探索者《シーカー》が上を見れば、そこには天井に張り付いた魔物がいた。四本の腕にカマがある虫の魔物。

その魔物の口から涎《よだれ》が垂れている。

咄嗟《とっさ》に警護盾を構える探索者《シーカー》の男だったが、飛び降りてきた魔物の速さに対応できない。

目にも留まらぬ速さで繰り出された斬撃は、探索者《シーカー》二人の首を同時に刎《は》ねた。二人は糸が切られたマリオネットのように、力なくその場に倒れる。

カマキリに似た人型の魔物は、カマを振って血を払い、何事もなかったかのようにラボの中を進む。

部屋の最奥《さいおう》にある実験室の前に立つと、ガラス戸の向こうを見る。

この施設で研究されている魔物の中で、最も危険と言われる存在。蜘蛛《くも》の姿をしているが、上半身は人の形をした異形の魔物『アラクネ』。

知能も戦闘能力も高いため、並の探索者《シーカー》では歯が立たない。

そんなアラクネが、ガラス戸の外にいるカマキリを見る。どちらも恐ろしい力を持つもの同士だが、ぶつかり合うことはない。

魔物と魔物が戦うことはないからだ。蜘蛛の魔物『アラクネ』がギギギギと歯ぎしりをして音を鳴らす。まるで早く出せと言わんばかりに。

STI
SEARCHER-TRAINING INSTITUTI

カマキリは腕を振るってガラス戸を切り裂く。研究所に閉じ込められていた強力な魔物が今、全て解き放たれた。

◇◇◇

ガタガタと揺れる台車が通路を進む。悠真《ゆうま》はボストンバッグの中に潜み、大人しく運ばれていた。

台車に載せられているのは、どうやら探索者《シーカー》が使う武器や道具のようだ。悠真が入っているバッグには【魔法付与武装】がいくつも入れられていた。

階段を下りる際は、台車からバッグやケースを降ろし、手に持って移動している。

——こんなに多くの道具が必要なんて、下でなにが起きてるんだ？

悠真が怪訝《けげん》に思っていると、ボストンバッグを担《かつ》いでいる大柄の探索者《シーカー》が悲鳴のような声を上げる。

「おい！　このバッグ、こんなに重かったか⁉　肩が外れそうなんだが」

顔を歪《ゆが》める男に、別の男が「情けないこと言うな！　こっちの機材の方が重いに決まってんだろ」と二人がかりで運ぶ大きな箱に目を落とす。

ボストンバッグを担いだ男は反論できず、黙って歩くしかなかった。

悠真は申し訳ない気持ちになる。

――俺が中に入ってるせいで重いんだよな……ごめんね、おじさん。

階段を下りきり、バッグや機材を再び台車に載せ、二階層の通路を進む。悠真は黙って外の音に耳をそばだてていたが、なにやら騒がしくなってきた。

大勢の人の声がする。

――ひょっとして……。

「全員、無事なのか？」

「い、いえ、一人が崩れた床から四階層に落ちました。それを助けに二人が下に行って」

「じゃあ、三人が下に行ったんだな！」

「は、はい！」

間違いない。選抜組の生徒たちだ。下に落ちた生徒は楓のことだろう。

ルイや神楽坂《かぐらざか》の声が聞こえてこないってことは、助けに行ったのはあの二人か。

「とにかく、君たちは上に避難しなさい。後は私たちがやる！」

「分かりました」

複数の足音が遠ざかっていく。選抜組が上階に向かったようだ。

探索者《シーカー》の集団は、さらに奥へと足を進める。三階層に下り、選抜組が狩り残した魔物を何体か倒していた。

悠真の入ったボストンバッグから、数本の武器を取り出していたので、見つからないかヒヤヒヤしたが、太い棍棒《こんぼう》に形を変えた悠真には気づかなかった。

「いよいよ四階層だ！　気を引き締めろよ」

「「おう！」」

またバッグや機材を手で運び、四階層の通路で台車に載せる。ガタガタと動いたと思ったら、突然止まった。

悠真はなんだろう？　と不思議に思った。すると、外から緊迫した会話が聞こえてくる。

「なにかいるぞ……」

「なんだ？　魔物か」

「研究室にいたヤツじゃないのか？」

「とにかく展開して囲い込むぞ！　全員、武器を持て‼」

バッグやケースが開かれ、中から複数の武器や道具が取り出される。

悠真は棍棒に変化しているため、手に取られないようにドロリと『液体金属』になり、バッグの外へと這《は》い出す。

探索者《シーカー》たちは魔物に気を取られているようだ。

──今のうちに。

悠真はドロドロの液体金属のまま、目立たないように通路を進む。

フロアの灯《あか》りが落ち、辺りは薄暗い。この状況ならこっちには気づかないだろう。

──魔物はプロの探索者《シーカー》に任せて、俺は楓《かえで》を助けに行こう。

シュルシュルと黒い液体が移動したあと、残された探索者《シーカー》たちは、かつてない緊張感に包まれていた。

目の前にいる魔物に見覚えがなかったからだ。

緑色の体表、190センチはある人型の体格。腕は四本あり、その先端はカマのような刃物になっている。

顔には二つの複眼と三つの単眼がある。完全に虫の顔だ。

見た目は四本腕のカマキリ人間といったところだろうか。だが、そんな魔物がこの研究室にいたなど聞いたことがない。

八人いる探索者《シーカー》たちは誰もが困惑していたが、一人の男が声を上ずらせて指摘する。

「あ、あれ……まさか〝ソル・マンティス〟じゃないのか!?」

「なに?」

それは二年前、インドにある世界最大の『緑のダンジョン』で発見された魔物。日本での目撃例はないが、それ以上に問題なのは——

「〝ソル・マンティス〟って、【深層の魔物】じゃないか！　そんなものがこんな所にいる訳がないだろう！」

【深層の魔物】はダンジョンの百層より下にしかいない強力な魔物で、通常の物理攻撃は通用しないと言われている。

マナ指数の高い上位者が、複数で戦わなければ勝てない魔物だ。

間違っても人工ダンジョンにいるような存在ではない。

「そんな魔物がいるはずがない！　とにかく囲い込んで叩《たた》くぞ‼」

「お、おう！」

探索者《シーカー》たちは、機材用ケースから取り出した【魔法付与武装】の大型警護盾を構え、虫の魔物を囲むように陣形を整える。

この大型警護盾は、研究室にいる最も危険な魔物に対抗するため用意したものだ。簡単に壊されることはない。

火が噴き出す長剣を右手に、ゆっくりと距離を詰めていく。

ジリジリと近づいていくと、魔物は四本ある腕の一本を振るった。

それほど大きくない動作。なんの意味があるんだ？　と探索者《シーカー》の一人が訝《いぶか》しがると、隣からドサリと音がした。

なにかが落ちるような音。なんだ、と思って振り向けば、探索者《シーカー》の一人が倒れていた。

胸から上がない。

「え？」

少し離れた場所に、なくなった上半身と盾の一部が落ちていた。

「なんだ？　なにが起きた⁉」

探索者《シーカー》たちの間に動揺が広がる。虫の魔物は一歩も動いていない。腕を振っただけだ。

だとしたら——

「風魔法だ！　盾ごと切り裂きやがった‼」

探索者《シーカー》たちが一斉に飛び退《の》き、距離を取る。

鋼とカーボンでできた警護盾を両断するなら、それは途轍《とてつ》もない威力の〝風魔法〟ということになる。

この場にいる者は理解した。目の前にいるのは本当に【深層の魔物】であるということを。撤退も考える。だが、この魔物が素直に逃がしてくれるだろうか？

そんな考えが一瞬のスキを生む。

虫の魔物は二本の腕を振るい、同時に駆け出す。予想以上に速い動きに、探索者《シーカー》たちは目を見張った。

発動した〝魔法〟は風の刃《やいば》となって弧を描き、探索者《シーカー》に襲いかかる。

盾を突き抜け、一撃は探索者《シーカー》の左腕を斬り落とす。

「うわあああああああ！」

絶叫がこだまする。もう一撃は、別の探索者《シーカー》が持つ盾を真っ二つにした。

体への外傷は免《まぬが》れたが、衝撃で男は尻もちをつき、唖然《あぜん》として切り裂かれた盾を見つめる。

一方で魔物に接近された探索者《シーカー》は必死で抵抗を試みる。盾を構えつつ、持っていた長剣に炎を灯《とも》し、相手に斬りかかった。

その刹那、右腕は野菜でも切るかのように輪切りにされていた。

「ぎゃあああああああ⁉」

——速すぎる！

男はもんどり打って倒れ、大量の血を流し蹲《うずくま》ってしまう。

誰もが直感した。この魔物は自分たちが敵《かな》うような相手ではない。それこそ日本トップレベルの探索者《シーカー》でない限り話にもならない。

逃げなければ殺される。それも問答無用で。

周囲は恐怖に包まれ、戦意を持つ者はもういない。

一人が悲鳴を上げながら逃げ出した。魔物がカマを振るうと、走っていた男の足が切断され、バタリと倒れた。

しばらく苦しんでいたが、やがて動かなくなる。

別の男が奇声を上げて走れば、追いかけてきた魔物に今度は首を刎《は》ねられた。胴から分かれた首は地面に落ち、コロコロと転がっていく。

残った胴体は、ゆっくりと倒れた。

さらに別の探索者《シーカー》は絶叫しながら魔物に斬りかかった。

もはやヤケクソ。それでもその刃は避《よ》けられることなく魔物の背中に直撃する。

ガキンッという硬質な音が辺りに響く。剣は魔物の皮膚で止まってしまった。あまりにも体が硬すぎて剣が通らないのだ。

男は舌打ちする。虫の魔物が『火の魔法』に弱いのは周知の事実。

その火を纏《まと》う剣で斬りかかっても通用しないのであれば、もはやどうすることもできない。魔物はゆらりと振り返り、目の前にいる人間を見据える。

「ひっ」

顔を引きつらせた男に対し、魔物はカマを持ち上げた。男は剣をかかげ、なんとか防ごうとするが、振り下ろされたカマはまるで豆腐でも切るように剣を切り裂き、そのまま男を真っ二つに裂いていく。

あまりに残酷な光景に、周りにいた者たちの顔が恐怖に染まる。

このままでは殺されてしまう。焦《あせ》った探索者《シーカー》の一人が、台車にある大きなケースから火炎放射器を取り出す。

最悪の場合、フロアごと焼き尽くすために持ってきたものだ。燃料を入れたタンクと、圧搾《あっさく》ガスボンベをパイプで連結する。

そして銃口を魔物に向けたが――

「え？」

魔物は目の前にいた。考える間もなく、カマは振り下ろされる。

火炎放射器の銃身ごと、探索者《シーカー》の体は切り裂かれた。いとも簡単に奪われる命。

八人いたはずの男たち。すでに七人が死んでしまい、最後に残った男は腰に付けたトランシーバーを摑《つか》む。

マナが充満しているダンジョンでは通信障害が起きるため、通信機器のほとんどが使えない。それは人工ダンジョンとて同じだ。

それでも男は一縷《いちる》の望みを託し、無線機のスイッチを押す。

「応答願う、応答願う！　こちら救護班、四階層にて魔物と遭遇……間違いなく【深層の魔物】ソル・マンティスが――」

そこまで言って、男の声は途切れた。力無く倒れた男の前には、返り血で赤く染まった魔物が立っている。

地面に転がった無線機からは、ただ不鮮明な雑音だけが漏れていた。

◇◇◇

ルイと神楽坂《かぐらざか》は四階層の暗い通路を進んでいた。

人工ダンジョンは空調管理がされていて、温度や湿度が快適に保たれているはずだが、今は止まっているのかジメジメとした暑さを感じる。

ルイはうっすらと浮かんだ額の汗を拭い、炎の灯った剣で辺りを照らす。

「さっき物音が聞こえてきたな……この四階層にも魔物がいるのか？」

先を歩く神楽坂が、周囲を警戒しながら聞いてくる。

「三階層までは常時魔物を配置しているようだけど、四階層からは訓練に使用する時だけ魔物を配置するんじゃないかな？　先生がそんな話をしているのを聞いたことがあるよ」

「でも五階層には魔物の研究室もあるんだろ？　そこにはたくさん魔物がいるんじゃない

のか？」

「そうだと思う。たぶん、その魔物が逃げ出したんだよ。見て」

ルイが炎の剣で照らした先。壁と天井が破壊され、通路が塞がっている。まるで爆弾が爆発したような惨状に、ルイたちは眉根を寄せる。

単なる事故でこんなことにはならないだろう。

「ここは通れないな。別のルートを探すか」

「うん、四階層の地図はないからね。本当に迷宮の探索みたいになってる」

それはまだプロの探索者《シーカー》ではない二人にとって、かなり危険で難しいミッションである。

「研究室の魔物が上がってきてるなら、恐ろしく強いヤツかもしれないぞ。気を抜くなよ、天沢《あまさわ》！」

「ああ、分かってる」

二人は慎重に暗い通路を進む。だが、ゆっくりもしていられない。楓が連れ去られているなら、いつまで無事なのか分からない。

一刻も早く見つけ出さなければ。ルイは焦る気持ちを抑えつつ、警戒しながら通路の角を曲がる。

神楽坂も前に進もうとすると、ルイが手で制した。

「……なにかいる」

ルイが小声で囁《ささや》いた。神楽坂は槍《やり》を構え、体を強張《こわば》らせる。

耳をそばだてれば、カサカサとなにかが動き回る音が聞こえてきた。二人は歩みを止め、神経を研ぎ澄ませて周囲の気配を感じ取る。

しばしの沈黙。

相手も止まっているようだ。だがルイは周りから漂う、確かな殺意を感じ取った。

剣に〝マナ〟を流し込み、上に向かって振るう。

炎が噴き出し、激しい光となって辺りを照らす。

周囲の光景が目に飛び込んできた。

「なんだ、これ⁉」

神楽坂はギョッとして見上げる。

天井や壁には、黒いワラジムシのような魔物がびっしりと張り付いていた。

猫ほどの大きさはあり、かなりの数がいる。ルイと神楽坂は一瞬ひるんだが、すぐに落ち着いて武器を構えた。

「ビザー・ウドラウス！　研究室で飼育されてた魔物だ‼」

ルイの言葉に、神楽坂は顔をしかめる。

「うぇぇ……気持ち悪い魔物だな」

数匹のワラジムシが体を仰《の》け反らせ、天井から飛び降りる。

半回転してこちらを向いた口には、凶悪そうなキバも見えた。ルイは剣を構え、流れるような動作で斬撃を放つ。

炎の剣は落ちてきた二匹のワラジムシを一刀のもとに両断した。斬られた魔物は炎に包まれ、地面につくころには砂となって消えてしまう。

他のワラジムシたちも次々と飛び降り、襲いかかってくる。

「はっ！　上等じゃねーか‼」

神楽坂は槍の切っ先を魔物に向け、高速で突きを放つ。

風の魔力を帯びた槍撃《そうげき》は、一瞬で三匹のワラジムシをバラバラに切り裂いた。虫たちは抵抗することもできず、砂になって消えていく。

ヒュルヒュルと風を纏う槍を下ろした神楽坂は、地面に落ち、なおもこちらに向かってくる魔物たちを睨《にら》みつける。

「取りあえず、こいつらはぶちのめさないと、先には行けそうにないぞ！」

「ああ、だったら倒すだけだ」

ルイは剣を上段に構え、神楽坂は槍を下段に構えた。

探索者《シーカー》育成機関では、対魔物用の剣術や槍術《そうじゅつ》の授業がある。二人はいずれもその分野でトップの成績を収めていた。

故に慌てる必要などまったくない。淡々と相手を倒していけばいい。

再び襲いかかってきたワラジムシたちを、ルイは流れるような剣筋で切り裂いていく。

神楽坂もさらに〝マナ〟を流し込んだ槍で魔物を貫いていった。

魔物たちに抵抗する術《すべ》はない。

炎と風に蹴散らされ、一方的に数を減らしていく。

通路を十メートル過ぎるころには、百匹近くのワラジムシを倒していた。この先の壁や天井には張り付いていない。

ルイは振り返り、周囲を見る。まだ何匹かの魔物はいるが、こちらに向かってくる様子はない。

魔物の包囲網を突破したのだ。あとは楓《かえで》を探し出すだけ。

「よし！　先を急ごう」

「おうよ！」

神楽坂が応え、二人で走り出す。

迷路のような通路をしばらく進み、何度目かの角を曲がった時、ルイと神楽坂は同時に悍《おぞ》ましい気配を感じた。

すぐに立ち止まり、武器を構える。

先ほど出会った小型の魔物ではない。もっと大きく、もっと凶悪な魔物の気配。武器を握った手に力が入る。

自分が嫌な汗を掻《か》いていることにルイは気づく。

それは隣に立つ神楽坂も同じようで、緊張感が伝わってくる。

暗闇の向こう、通路の奥からそれはゆっくりと歩いてきた。

かすかに揺れる影は二メートル以上はある。ルイが持つ剣の炎が、近づいてくる魔物の足元を照らす。

爪先は黒く、尖《とが》った脚。それが計六本ある。体は硬質な体毛に覆われ、毒々しい色合いが目を引いた。

見た目は蜘蛛《くも》の魔物。だが単純に大きな蜘蛛という訳ではない。

蜘蛛の背から人の形をしたものが生えて、こちらを睨んでいる。人の形はしているが、おおよそ人とは呼べない禍々《まがまが》しい姿。

まさに蜘蛛が人に進化したような、そんな見た目だった。

「おい、天沢……まさかと思うがあれ、『アラクネ』じゃないか？」

「ああ、僕もそう思う。でも、なんで……」

アラクネは『緑のダンジョン』八十六階層で発見された魔物で、恐ろしく強いことが知られている。

指先から出すことができる【硬質な糸】は鉄でも切り裂くことができ、戦った探索者《シーカー》が何人も切り裂かれ、命を落としたという。

大勢で戦わなければ相手にすらならない。

そんな魔物がどうしてこんな所に？　と思ったルイだが、顔をしかめて唇を噛《か》む。

——確かここの研究所には危険な魔物も置いていると聞いたことがある。この『アラクネ』のことなのか⁉

ルイは慎重に魔物との距離を維持する。

自分たちが勝てる相手とは思えない。だが、この通路の向こうに楓がいるかもしれない。

ルイは燃える剣を握りしめ、ジリッと足を一歩前に出した。瞬間——

「まずい！　伏せろ、天沢‼」

突然、神楽坂が叫ぶ。ルイは咄嗟《とっさ》に身を屈《かが》めた。

ヒュンと、なにかが頭上を通り過ぎる。

ルイが振り返って見ると、通路の壁がズタズタに切り裂かれ、コンクリートの破片が床に落ちていた。

――なんだ⁉

ルイは剣を構えたまま後ろに下がる。暗くてハッキリとは見えないが、人型の蜘蛛が両手を動かしていた。

手の平や指先に、なにかキラキラした物が見て取れる。あれは、糸？

「気をつけろ、天沢！　アラクネは鋼鉄の糸を使って攻撃してくる。あらゆる物を切り裂く糸の斬撃だ！　近づいたらやられるぞ‼」

「ああ、分かった！」

ルイと神楽坂は、持っている武器に最大限の〝マナ〟を流し込む。

二人で同時に走り出し、相手が対応する前に決着をつけようとする。蜘蛛は積極的に動こうとせず、走って来るルイに目を向けた。

「食らえ！」

ルイは地面を蹴って跳び上がり、蜘蛛の頭に剣を振り下ろす。弧を描いた炎の斬撃が、蜘蛛の頭に直撃した――かに見えた。

だが違っていた。蜘蛛は右手で剣を止めていたのだ。

「そんな……」

「こっちはガラ空きだぞ‼」

反対側から神楽坂《かぐらざか》が突っ込んでくる。激しい風を纏《まと》った槍が、蜘蛛のどてっ腹に突き刺さった。

防御も間に合わなかった会心の一撃。これなら――

神楽坂は勝ったと思ったが、次の瞬間、希望は泡沫《うたかた》となって消えてしまう。

槍の切っ先が蜘蛛の体を貫いていない。体の表面で止まっている。

「嘘《うそ》だろ⁉」

「体が硬すぎるんだ！　離れろ、神楽坂‼」

蜘蛛の手がかすかに動いた。危険を察知した二人は同時に後ろに跳ぶ。

「くるぞ！」

蜘蛛が軽やかに両手を振るう。まるでタクトを操る指揮者のように、その動きは優雅で美しかった。

だが飛んでくるのは死の旋律。無数の〝糸〟が二人を襲う。必死にかわそうとするが、辺りはそれほど広くもないうえ、薄暗い空間。避《よ》けるにも限界があった。

ルイと神楽坂の持つ武器が糸に搦《から》めとられ、バラバラに切断される。

「うわっ！」

「やっぱりコイツはダメだ！　逃げるぞ天沢‼」

「わ、分かった！」

二人は蜘蛛から距離を取り、背を向けて一目散に逃げ出した。このルートは通れない。別のルートを探して楓を助けないと。

ルイは逃げることしかできない自分に歯噛《はが》みした。

だが、楓はなにがなんでも助け出す。その決意だけを胸に、薄暗い通路を駆け抜けた。

◇◇◇

蜘蛛の魔物は逃げていく人間を見やる。

急いで追う必要などない。ゆっくりと追い立て、確実に狩ればいい。魔物は自分が強者だということを知っていた。

捕食する側、殺す側なのだ。大蜘蛛の下半身で通路を歩き始める。ひとつ気になるのは、先ほどから感じる奇妙な〝マナ〟だ。

こちらに向かってきている。蜘蛛の魔物はより興味が引かれるマナの方へと足を向けた。

こちらから狩りにいこう。誰を相手にしようと、自分が捕食する側であることに変わりはないのだから。

薄暗い通路をピョンピョンと飛び跳ねる影があった。

「あ～なんだよ。迷路みたいで、どっち行ったらいいか分かんないな」

悠真《ゆうま》は金属スライムの姿で四階層を移動していた。誰かに出会う可能性もあるため、より目立たないスライムの方がいいだろうと思ったが、今のところ誰にも出会わない。

「地下には警備の探索者《シーカー》がいるって聞いたことあるけど……五階層にいるのかな？」

悠真は通路の角で止まり、右に曲がった通路の先を覗《のぞ》く。薄暗い道は闇に向かって延びている。

非常用の赤いランプだけが点滅しているが、先は見通せない。

人の気配は感じないので、悠真は再び進み始める。ピョンピョンとスライムの体で飛び跳ね、左右に曲がる道があれば慎重に確認してから進む。

そんなことをしていると、突然違和感を覚えた。

「ん？」

体が動かしづらい。前に進もうとしても、それがうまくできない。

なにかが体に絡みついている。

「なんだ？　なにかくっついてんのか!?」

スライムの体をうねうねと動かすが、まったく取れる感じがしない。

その時、悠真はハタと気づく。

――なにかいる。

天井だ。天井になにかが張り付いている。それも大きい。

移動する時、上にまで注意を払っていなかった。天井にいる大きな影は、まるでロープをつたうようにまっすぐ下りてくる。

それにともない、悠真の体が持ち上げられた。

「うわっ⁉　なんだよコレ！」

体に纏わりついてるのは細い〝糸〟。無数に体に絡みつき、悠真を拘束している。

そして目の前に下り立ったものの正体も分かった。

蜘蛛だ。蜘蛛の魔物が不思議そうな顔でこちらを見ている。

見た目は完全に化物なので、かなり怖い。

「人工ダンジョンの魔物か⁉　こんなヤツもいるのか？」

悠真は魔物の目線の高さで宙づりにされてしまった。巨大な蜘蛛の背に、人型の魔物が乗っかったような姿。

その人型の化物が、興味深そうに悠真をつっつく。

「や、やめろ！　卑怯《ひきょう》だぞ、放しやがれ‼」

悠真は藻掻《もが》いて、なんとか糸から逃れようとする。しかし糸は思ったより丈夫で、なかなか切れない。

「どうしたものか……」

その時、悠真はパッと閃《ひらめ》く。

「そうだ！　これなら――」

悠真は体をドロリと溶かした。『液体金属』になれるのだから、拘束するなど無意味。そう思ったのだが、なにかが糸に引っかかる。

「ん？　なんだ？」

服だった。よくよく考えれば分かる。金属の中に服を取り込んでいるのだから、糸に引っかかるのは当然だ。

「ああ、マズいぞ。服が破れるかもしれない」

また金属スライムの姿に戻り、服がダメージを受ける事態は回避した。

だったら――

悠真は全身を刃物に変えるイメージをする。すると金属の体は形を変え、持ち手のない黒い大剣となる。

剣はプチプチと糸を切り裂き、そのまま落ちて地面に突き刺さった。

「おー、脱出成功！」

悠真はスライムの姿に戻り、蜘蛛《くも》の魔物と相対した。

「よくもツンツン小突いてくれたな！　この屈辱は倍にして返す！」

丸い金属スライムはもぞもぞと動き出す。

黒い液体が盛り上がって、人型へと姿を変える。額から角が伸び、肩や背中、拳などにスパイク状の突起が現れた。

全身はゴツゴツとした鎧《よろい》で覆われ、完全に怪物へと変化する。

見た目の怪物度合いでいったら、蜘蛛の魔物とどっこいどっこいだろう。

「よし！　人工ダンジョンでの初戦だけど、楓《かえで》を助けに行かなきゃいけねーからな。すぐ終わらせるぞ！」

悠真は地面を蹴って魔物に突っ込む。蜘蛛の魔物は両腕を振り、何本もの糸を放った。

「無駄無駄！」

悠真は両腕を長い剣に変え、飛んでくる糸をプチプチと斬り裂く。

たいした強度はないみたいだ。接近すると蜘蛛の上半身が絶叫し、鋭利な爪で斬りかかってきた。

悠真も負けじと左腕の剣を振り上げ、上段から斬りかかる。

交錯する互いの攻撃。金属スライムの体は魔物の爪を弾き、対する悠真の剣は蜘蛛の顔を斬り裂いた。

緑の血が噴き出し、蜘蛛が絶叫する。

今度は右手の剣を蜘蛛の下半身部分に突き刺す。右腕に力を込めると、剣は一気に伸び、蜘蛛の体を突き抜けて後ろの地面に刺さってしまった。

悠真は慌てて右手を元に戻す。

「ビックリした……あんなに伸びるのか」

蜘蛛は苦しむも、奇声を上げながら向かってきた。悠真は迎撃するため、今度は右足を黒い刃物に変え、思い切り蹴り上げる。

蜘蛛の脚が一本宙に舞い、血が噴き出す。

魔物は驚いた様子だったが、すぐに激高し突っ込んできた。悠真は冷静に相手の動きを確認し、振り下ろしてきた腕を摑《つか》み、さらに下半身の脚も摑んだ。

そのままグイッと持ち上げると、力まかせに通路の壁に投げつけた。

蜘蛛は激しく体を打ちつけ、唸《うな》り声を上げる。フラフラになりながらも立ち上がる魔物に対し、悠真は拳を握り込む。

「うおおおっ！」

剛拳が蜘蛛の顔面に炸裂《さくれつ》した。

一撃を叩《たた》き込まれた蜘蛛の頭は、後ろの壁にめり込んだ。完全に頭は潰れ、胴体はピクピクと痙攣《けいれん》している。

ややあって魔物の体は崩れ、砂になってしまった。

「弱いな……まあ訓練用の魔物だから、こんなもんか」

地面に積もった砂はサラサラと宙に舞い、少しずつ消えていく。人工ダンジョンにいる魔物でも、ごく稀《まれ》に〝魔宝石〟を落とすと聞いていた。

悠真は周囲を見渡すが、特になにも落ちていない。魔宝石はドロップしなかったようだ。

「おっといかん！　こんなことしてる場合じゃない。早く楓を見つけないと」

悠真はすぐに駆け出し、薄暗い通路の奥へと入っていく。

しばらく進むと、角を曲がった所でなにかの気配を感じた。そこは少し開けた空間で、床や壁がボロボロに砕けて穴まで空いている。

──なにがあったんだ？

歩きながら視線を彷徨《さまよ》わせると、少し先になにかいた。暗い空間を凝視する。

いたのはムカデのような魔物。人と同じくらいの大きさがあるだろうか？　なにかを抱えているのが見て取れる。

肩まで伸びたセミロングの髪、閉じられた瞳と白い肌。

その姿を見て、悠真は叫んだ。

「楓‼」

一も二もなく走り出す。ムカデもこちらに気づき、威嚇するように顔を向けてきた。

よく見れば頭は三つもある。気持ち悪い姿だが、そんなことは関係ない。そしてどうでもいい。言いたいことはただ一つ――

「楓から離れやがれ‼」

ムカデの頭を思い切り殴りつけた。触角のついた頭は大きく仰《の》け反り、明らかにダメージを受けた魔物は拘束を緩め、楓を放した。

ドサリと地面に落ちた楓はピクリとも動かない。気を失ってるのか？

すぐに駆け寄ろうとしたが、態勢を立て直したムカデは悠真の前に立ちはだかる。

「この野郎……」

悠真は頭に血が上るのを感じていた。鋭い牙のついた口を向けてくるが、悠真が動じることはない。

冷静にムカデの頭を両手で掴み、そのまま膝で叩き潰した。

硬そうな甲殻がバキッと割れ、緑色の血が飛び散る。悠真はムカデの胴体を掴んで持ち上げる。

「うおおおお！」と絶叫しながら力まかせに地面に投げつけた。ムカデは地面に体を打ちつけ、そのまま壁際《かべぎわ》まで飛んでいく。

ハァハァと肩を怒らす悠真は、少し気持ちを落ち着け、楓の元まで歩いていく。

いつも見ていた顔が、瞼《まぶた》を閉じて横たわっている。

ひょっとして死んでるんじゃ⁉　最悪の考えが脳裏を過《よぎ》る。悠真は速くなる呼吸を抑え、楓の傍《かたわ》らにしゃがみ呼吸と脈を確認する。

自分の手が金属であるため、細かい確認ができるか不安だったが、その心配は徒労に終わる。意外にもハッキリ分かった。

「ああ……良かった。大丈夫だ」

脈も呼吸も正常だ。楓は生きてる。そのことに安堵《あんど》した。

「うう……」

「楓！」

楓がわずかに動き、声を漏らした。

「もう大丈夫だ！　助けに来たぞ」

閉じられた瞼が、うっすらと開く。まるで長い眠りから覚めた、お姫様のように。

悠真《ゆうま》はそんなメルヘンチックなことを考えた自分に、思わず笑ってしまう。

――もしそうなら、さしずめ俺は王子様か？

「……悠《ゆう》……真《ま》？」

見開かれた目が、悠真を捉える。二人はしばし見つめ合い。そして――

「きゃあああああああああああああ‼」

「ええっ⁉」

楓の顔は恐怖に染まり、その場から逃れようと暴れ始める。

悠真もパニックになり、楓の腕を掴んで押さえた。

「ど、どうした楓⁉　大丈夫だ。俺がついてる！」

必死で宥《なだ》めようとすると、楓はもう一度悠真を見る。すると、楓の意識が遠のき、また気絶してしまった。

「お、おい！　どうした⁉　しっかりしろ！」

くったりして動かなくなった楓を見る。「あっ」と悠真は気づいた。

今は紛《まご》うことなき怪物の姿。こんなヤツが近くにいたら怖がるのは当たり前だ。

「王子なんかじゃねえ……ただの怪物にしか見えねえよな」

取りあえず楓を安全な場所まで連れて行こうとすると、暗闇の先からなにかが動くような物音がした。

悠真が顔を向けると、地面をカサカサと走ってくる影が見える。

「こいつ！」

三つ首のムカデだ。まだ生きてたのか。

バンッと跳ねて飛びかかってくる。悠真は楓を守ろうと立ちはだかり、ムカデの突進をまともに受けた。

二つの頭が体に噛《か》みつき、長い胴体はグルリと巻き付いてくる。

悠真は自由に動けなくなり、その場で踏鞴《たたら》を踏む。

「く、くそ！」

力ずくで引き剝がそうとして足を踏ん張った時、左足がガクンと下がった。

「え!?」

床に空いている穴に足を取られた。暗くて見えなかったが、かなり大きな穴だ。悠真はバランスを崩し、ムカデと一緒に穴の中へと落ちていった。

「うわあああああ！」

悠真の悲鳴はどんどん小さくなり、しばらくすると聞こえなくなる。

MESSIAH

後にはシンとした静寂と、横たわる楓だけが残った。薄暗い空間は、動かない楓の姿を覆い隠していく。

そんな時、遠くから微《かす》かに声が聞こえた。

「……あっちの方で音がしたぞ」

「うん、行ってみよう」

人影が二つやってくる。ルイと神楽坂《かぐらざか》だ。

ルイは手の平に炎を灯《とも》し明かりにしていた。

「あ！　誰か倒れてるぞ！」

二人は急いで駆けつける。

「楓！」

倒れて動かない楓を見て、ルイは息を呑む。すぐに屈《かが》んで脈を測った。

「……大丈夫だ。生きてる」

「あ～良かった。こっちの心臓が止まるかと思ったぞ」

神楽坂がオーバーリアクションで肩をすくめる。

「じゃあ、行くぞ！　どっから魔物が出てくるか分かんねーからな」

「ああ」

ルイが楓を抱きかかえ、その場を離れる。先行する神楽坂は通路の角で立ち止まり、後ろを振り返る。

「こっから先は魔物に出会わねーように進むしかない。特に『アラクネ』に会ったら終わりだからな。慎重に行くぞ」

「分かってる。もう僕らに武器はない。ルートの確保は頼むよ、神楽坂！」

「ああ、任せとけ！」

二人は通路に入り、警戒しながら走っていく。彼らが去った場所にはポッカリと空いた穴があり、中には深い闇だけが広がっていた。

◇◇◇

小石が落ち、カランと音が鳴る。

「……うう」

悠真は頭を振って起き上がった。天井を見上げると、結構な高さから落ちたのが分かる。自分の手や足などを見回すが、特に異常はないようだ。

「ここは……」

悠真は周囲に目を向ける。今までの迷路のような通路とは違い、高い壁に囲まれた少し広い空間だ。

チカチカと赤いランプが点滅し、辺りを照らしていた。薄暗いのは四階層と同じだが、より不気味な感じがする。

暗がりに目をやれば、さっきのムカデがカサカサと蠢《うごめ》いていた。

「あの野郎！」

悠真はムカデに向かって歩いていく。が、なにかに気づいて足を止めた。

──なんだ？　この気配、他にもいるのか⁉

ムカデとは別の方向を見ると、暗闇の中からぬっと顔を出す魔物がいた。

そこにいたのは二匹の巨大なダンゴムシ。さらに後ろからも気配がする。悠真が振り返ると闇の奥に静かに佇《たたず》む影があった。

目を凝らせば、相手の輪郭がゆっくりと見えてくる。

人型の魔物。背丈は大きく、腕は四本ある。その腕の先端はカマのように鋭利に尖《とが》り、顔はカマキリにそっくりだ。

「こいつらも人工ダンジョンの魔物……五階層にいるってことは、結構強いのか⁉」

完全に囲まれてしまった。「くそっ……なんでこんなことに……」と舌打ちする。

早く楓《かえで》を助けに行きたかったが、出口がどこなのか分からない。

ジリジリと近づいてくる魔物を見て、悠真は後ろに下がる。どうすればいいんだ？　と一瞬悩んだが、「待てよ」と思い足を止めた。

人工ダンジョン最下層の魔物とはいえ、あくまで生徒を訓練させるための魔物だ。だとしたら、それほどの危険はないはず。

それに悠真の体は物理攻撃を受けつけない特別仕様。

怖がる必要はない。そう考えた悠真は拳を構え、佇む魔物たちと向かい合った。

◇◇◇

探索者《シーカー》育成機関・本校舎第一棟。

三階にある校長室に、ＳＴＩの責任者が集められていた。

「それで、今はどういう状況なんだ？」

深刻な表情で重々しく口を開いたのは、東京探索者《シーカー》育成機関の校長、野々村《ののむら》だ。齢《よわい》七十を超え、顔には多くのしわが刻まれていた。

薄くなった白髪を撫《な》で、汗を掻《か》きながら立っている主任教官の滝沢《たきざわ》を睨《にら》む。

「は、はい、今わかっているのは、研究室で飼育されていた魔物が全て逃げ出し、四、五階層で暴れ回ったということ。それを制圧に行った探索者《シーカー》たちと連絡が途絶えたこと。人エダンジョンに入っていたＳＴＩの生徒が三人、行方が分からないことです」

野々村の顔が曇る。トラブルが起きていると聞いていたが、今の報告が全て本当なら、ＳＴＩ始まって以来の大事件だ。

生徒にまで危険が及ぶのであれば政府だけでなく、国際機関であるダンジョン協会にも支援を求めなければならない。

だが、そこまで大事になってしまうとＳＴＩの存続問題にまで発展してしまう。

野々村は深い溜息《ためいき》をついた。

「それで、対応はどうする気だ？　マニュアルに従って防衛省の防衛審議官には連絡したのか？」

「は、はい！　防衛省と警察への連絡は行いました。近隣住民の避難もすぐに始まります。それにエルシード社にも連絡を取りました。上位の探索者集団《クラン》を派遣してくれるそうです」

「……そうか。それで逃げ出した魔物というのは、どんなものか分かっているのか？」

「はい、資料によれば……」

滝沢は持ってきた黒いファイルを開く。中にある資料には、五階層で管理・飼育されていた魔物たちのデータが記載されていた。

「より危険と考えられる魔物が三種います。全て政府から研究を依頼されていた深い階層の魔物で、一種目が〝アダマス〟。『緑のダンジョン』五十階層付近にいる魔物でして、全身が硬い甲殻で覆われた等脚目の生物。見た目は巨大なダンゴムシに似ており、とにかく体の頑丈さが厄介です」

「頑丈というのは、どれほどなんだ？」

野々村の質問に、滝沢の顔が強張《こわば》る。

「甲殻の硬さは尋常ではなく、アサルトライフルの弾丸を弾き、パトリオットミサイルの爆撃にも耐えると言われています。また魔法も効きづらく、討伐は困難です」

「バカな……そんな魔物、どうやって倒すんだ⁉」

「いえ、倒すのは上位の探索者《シーカー》でも難しいでしょう。捕獲するのが唯一の方法ですが、突進してくる力は闘牛の十倍以上もあり、簡単ではありません」

その話に、野々村は眩暈《めまい》を起こしそうになった。

＋＋＋＋＋＋＋＋＋＋＋＋＋＋＋

「あっ！　ザックザック刺さる」

悠真は最初に突っ込んできたダンゴムシを片手で止め、右手を剣に変えて甲冑《かっちゅう》のような体に突き刺していた。

「思いのほか簡単に刺さるな。意外に柔らかいのか？」

背中を何ヶ所も刺された魔物は、緑の血を噴き出しながら「ピギャー！」と絶叫して、悠真《ゆうま》に襲いかかる。

「うるさいな」

悠真は叫んでいるダンゴムシを思い切り蹴り上げた。

為《な》す術《すべ》なく飛んでいった魔物が天井に激突し、砕けたコンクリートと共に落ちてくる。

悠真は左手も剣に変え、落下してきたダンゴムシに向かって横に振るった。

魔物は体をまっぷたつにされ、破裂するように砂へと変わる。

大量の砂が床に散らばると、もう一匹いたダンゴムシが怒り狂ったように突っ込んできた。悠真はまたか、といった顔で剣を振るった。

ダンゴムシの甲殻を切り裂くと、大量の血が噴き出す。ジタバタと悶《もだ》え苦しむ魔物。

今度は右手を鋭いスパイクのついた鉄球へと変える。

何本もある脚をカサカサと動かし、ダンゴムシは逃げようとするが、追いかける悠真の方が速かった。

振り下ろされた鉄球が、ダンゴムシの甲殻を容赦なく砕く。

深々と胴体にめり込んだ右腕に魔物は声にならない声を上げて血を噴き出す。次の瞬間、ダンゴムシの体は全て砂となった。

悠真は右手を元に戻し、ふぅーと息を吐く。

「うしっ！　ダンゴムシは討伐完了。次はどいつだ？」

＋＋＋＋＋＋＋＋＋＋＋＋＋＋＋＋

滝沢がファイルのページをめくる。

「二種目は〝ペルセフォネ〟という魔物です。三つの頭がある大きなムカデで、『緑のダンジョン』六十階層付近に生息しています」

滝沢がファイルの記載内容を淡々と読み上げるが、聞いている野々村の顔色は優れない。

「その魔物は、先ほどの〝アダマス〟より危険なのか？」

「はい、この魔物はアナコンダの数十倍の筋力があると言われ、アダマスほどではないですが、弾力のある硬い外骨格は簡単に破壊できません。そのうえ攻撃を受け、身に危険を感じると強力な毒液を吐き出します」

「毒液？」

「はい、毒液は一滴でも体にかけられると、ゾウでも数秒で死にます。したがって、この魔物との接近戦は自殺行為。ある程度距離を取って攻撃するしかありません。しかし物理攻撃では倒せませんので、複数の探索者《シーカー》が遠距離から魔法を使うしかないでしょう」

「そうか……」

エルシードの探索者集団《クラン》が到着するまで、まだ時間がかかる。

それまで生徒たちが生きていてくれるか。野々村は不安を募らせていった。


＋＋＋＋＋＋＋＋＋＋＋＋＋＋＋＋＋＋＋＋

「うわ！　汚《きたな》っ‼」

巨大ムカデの頭を殴っていたら、突然ツバを吐いてきた。

「なにすんだ、この野郎！」

肩から胸にかけて、緑色のドロリとした液体が流れる。まさか、こんな嫌がらせを受けるとは。

ムカデはうねるように地面を這《は》い、正面から飛びかかってくる。

頭にきた悠真は左手を剣に変え足を踏み込む。剣を横に薙《な》ぎ払うと、ムカデの頭を二つ斬り飛ばした。

二つの頭を失い、地面を転げ回って苦しむ魔物。それでも地を這い襲いかかってきた。

悠真の足元からグルグルと巻きつき、体を拘束してゆく。

「あ、こいつ！」

全身を締め上げてくるムカデに、悠真は顔を歪《ゆが》めた。

「気持ち悪いだろ！　くっつくんじゃねえ‼」

悠真はムカデの首を摑《つか》み、力ずくで引き剝がす。そのまま股裂きの要領で首と首を全力で引っぱる。ムカデは暴れ回ったが、力は悠真の方が強い。

長い虫の体はブチブチと二つに裂け、大量の血を噴き出した。悠真は分かれた魔物の体を地面に叩《たた》きつける。

しばらく痙攣《けいれん》していたムカデだが、次第に動かなくなり、砂となって消えていく。

「よし！　これで〝ヨダレムカデ〟の討伐も完了だ。あとはお前だけだぞ！」

悠真は闇に佇む魔物に目を向ける。ただ静かにこちらを見ているだけの魔物。カマキリ人間は、ゆっくりと悠真に向かって歩き始めた

＋＋＋＋＋＋＋＋＋＋＋＋＋＋＋

「それで、最後はどんな魔物なんだ⁉」

校長の野々村は元々民間からやってきた経営者であり、ダンジョンや魔物について詳し

い訳ではなかった。

それ故に、一般企業では起こりえないトラブルに苛立《いらだ》ちを募らせる。

「三種目は研究所にいた最も危険な魔物『アラクネ』です。蜘蛛《くも》の下半身と、人型の上半身を持つ強力な魔物で、『緑のダンジョン』の八十六階層で発見され、エルシードの上位探索者集団《クラン》によって捕獲されました。このアラクネが指先から出す〝糸〟は鉄でも切り裂いてしまう凶悪なもので、交戦したエルシードの探索者《シーカー》が二人死んでいます。先の二種よりも、かなり問題のある魔物かと……」

野々村はカッと目を見開く。

「バカな！　そんな危険な魔物を、なぜ連れて来たんだ⁉　施設の安全を考えるのが最優先だろう‼」

激しい剣幕で怒鳴る野々村に、滝沢は顔を引きつらせる。

「け、研究は国からの依頼です。珍しい魔物であるのと同時に、『緑のダンジョン』攻略の障害にもなりえます。今、日本にある研究施設の中で、最もセキュリティレベルが高いのがここですので、それが理由で選ばれたかと……」

申し訳なさそうに俯《うつむ》く滝沢の前で、野々村は顔を上気させる。

第三セクターである探索者《シーカー》育成機関は指揮命令系統が分かれているため、野々村は研究施設に口出しはできなかった。

　そのことに対し、野々村《ののむら》は臍《ほぞ》を噛《か》む。

　結局、なにも知らないまま責任を取らされるのは自分かと。

「そんな魔物、本当に対処できるのか⁉」

「倒せるとすれば、エルシードの上位探索者集団《クラン》しかいません。彼らの到着を待つしか。

それと、もう一つ問題が……」

「なんだ？」

　眉間にしわを寄せる野々村を見て、滝沢《たきざわ》が口籠る。

「それが……そのですね……」

「なんだ！　ハッキリ言わんか‼」

　滝沢は意を決して口を切る。

「人工ダンジョンに救助に向かった探索者《シーカー》たちですが、通信が途切れる間際《まぎわ》に妙なことを
口にしておりまして」

「妙なこと？」

「ダンジョンに『ソル・マンティス』がいると報告してから一切の連絡が取れなくなりま
した。元々地下では通信障害が頻繁に起こるので、確かなやり取りではないのですが」

「ちょっと待て、その『ソル・マンティス』とはなんだ？　魔物なのか⁉」

「は、はい……ソル・マンティスはダンジョンの百層より下にいる【深層の魔物】です」

滝沢の言葉に、野々村は耳を疑った。ダンジョン関連のことに詳しくない野々村でも、【深層の魔物】ぐらいは聞いたことがある。

ダンジョンの最も深い階層にいる魔物で、あらゆる通常兵器が効かず、上位の探索者《シーカー》が数十人がかりでも抑えることのできない、怪物中の怪物。

「まさか……この研究所にそんな魔物がいたのか⁉」

「い、いえ、さすがにそれはありません。連れて来ること自体、不可能に近いですから」

「だったら、いるはずがなかろう‼」

「そ、そうなんですが……一つ思い当たることがありまして」

歯切れの悪い滝沢の物言いに、野々村は苛立ちを覚えた。

「なにかあるなら、ハッキリ言え‼」

「は、はい！」

滝沢の背筋が伸びる。

「福岡の『緑のダンジョン』で発見された〝化石〟が、研究用として先月ここに運びこまれています」

「化石？　化石とはなんだ？」

「正確には〝卵の化石〟です。魔物が産んだ卵が、ダンジョンの地層に閉じ込められ化学変化したものと考えられています。しかし、卵が完全に死んだ訳ではなく、外国では孵化《ふか》に成功したケースもありまして」

「では生きている卵をここに運び込んだのか？」

「はい……ただ三十六階層で見つかったもののため、特に危険はないと考えられていたのですが」

なんと愚かな！　そんな得体の知れないものを、このSTI内に入れるなど――

野々村は怒りに任せ、関係者を罵倒したい気分だったが、今はそれどころではない。

「それで、そのソル・マンティスはどれほど危険なんだ。【深層の魔物】ということは、アラクネより相当強いんじゃないのか？」

「その通りです。体は鋼鉄のように頑強。四本の腕から伸びるカマはあらゆる物を両断し、移動する速さも尋常ではないと言われています」

「そんな魔物がここに……」

「そのうえ【深層の魔物】は再生能力もあるため、倒すのは困難かと。さらに〝風魔法〟も使い、繰り出される風の刃《やいば》は戦車の装甲も紙のように切り裂きます。もし本当にソル・

マンティスがいた場合、エルシードだけでは対処できない可能性もありますので、その時はダンジョン協会に支援を求め、日本中の探索者《シーカー》に討伐依頼を出すしか……」

野々村の手が震える。想像を超える事態に、なにも言葉が出てこなかった。

＋＋＋＋＋＋＋＋＋＋＋＋＋＋

キン、キン、キン、と甲高い音が鳴り響く。

「なんだ？　なんか体に当たってるな」

悠真《ゆうま》が見つめる先にいるカマキリ人間はその場から動かず、ただ暗がりで腕を振るっているだけだ。

カマキリの腕が弧を描くたび、少し間をおいてなにかが体にぶつかる。

キンと音が鳴り、それ以上なにも起こらない。

カマキリは、それを何度も繰り返していた。

「なにやってんだ？」

悠真は怪訝《けげん》に思ったが、ピンッと閃《ひらめ》く。

「あ！　これってもしかして……〝風魔法〟か⁉」

カマキリの動作をよく確認する。カマを振ると空気が揺らめき、しばらくしてから体になにかが当たる。

恐らく直線的ではなく、風が曲がって飛んでくるのだろう。

見えない攻撃だ。悠真は初めて見る〝風魔法〟にテンションが爆上がりした。

「すげー！　威力は弱いけど、ここまで届くんだ！　かっこいいな」

急にカマキリが凄《すご》い魔物に見えてきた。

「いや、待てよ。確か俺〝風魔法〟の耐性もあったよな。試したことはなかったけど……それがなかったら怪我《けが》してる可能性もあるってことか？」

今はキンキンいってるだけだが、それなりに強い魔法かもしれない。だとすれば――

「はは～ん、分かったぞ！　お前、この人工ダンジョンのラスボスだな。最下層にいるし、魔法も使える。けっこう強い魔物ってことだよな？」

悠真は嬉《うれ》しくなってくる。変な蜘蛛の魔物を倒した。巨大ダンゴムシ二匹と、ヨダレムカデも倒した。

そのうえ人工ダンジョンの〝ボス〟まで倒せば、中間考査に必要な〝マナ指数〟を獲得できるかもしれない。

――いくら『マナ上昇率』が低い俺でも、これだけ倒したら……。

「俄然《がぜん》、やる気が出てきたぜ！　お前を倒して〝マナ〟を大幅に上げる。そして上にいる楓《かえで》を助けに行く！」

悠真が一歩踏み出そうとした瞬間、相手も動いた。

——速い！

凄《すさ》まじい速度で突っ込んできた魔物は、勢いよくカマを振るう。悠真はとっさに両腕でガードした。

容赦なく振り下ろされるカマは、黒い金属の体を容赦なく斬りつけていく。

「うわあああああああああああああ——」

絶叫する悠真だったが、

「…………………………全然効かないな」

悠真はガードを下げ、無防備な状態で攻撃してくるカマキリを見つめる。

カマキリは何度も何度も斬りつけてくるが、悠真がダメージを受けることはない。必死に攻撃してくる魔物を見て、悠真はなぜか申し訳ない気持ちになった。

「なんか……ごめんね」

ＳＴＩにいる普通の生徒相手であれば、きっと大活躍したであろうカマキリの魔物。

それが『金属スライム』の体を手に入れた変な人間、イレギュラー中のイレギュラーである悠真によって、困惑しているように見える。

体の硬さに自信がある悠真は、どれだけ風魔法を放たれようが、カマで斬られようが、絶対に傷つかないだろうと考えていた。

そうなると、一生懸命攻撃してくるカマキリが不憫《ふびん》に思えてくる。

悠真はパシッとカマの一つを掴《つか》む。

「わりーな。楓を助けに行かなきゃいけねーんだ。すぐに終わらせる!」

左手でグイッとカマを引き、体勢を崩したカマキリの顔に向かって、握り込んだ右拳を叩《たた》き込む。

鋭い突起の付いた剛拳が、カマキリの顔面に炸裂《さくれつ》した。

目は潰れ、頬は歪《ゆが》み、そのまま後方へ吹っ飛んでいく。ドンッという低い衝突音と共に壁にぶつかったカマキリは、ズルズルと下に落ちてくる。

魔物はなにが起きたのか分からないようだ。頭を振ってから、ヨロヨロと起き上がる。

悠真は間髪入れず追撃に入った。

壁際《かべぎわ》にいたカマキリに対し、剛拳のラッシュを放つ。ダメージの抜けていない魔物は、かわすことができずに防戦一方になる。

顔に、腹に、肩に、胸に、悠真の打撃がめり込んでいく。やはり虫の体なのでそれほど硬くはないようだ。

殴るたび、虫の外骨格がバキバキと割れていく。

カマキリは四本のカマで必死に防御するが、到底防ぎ切れない。血が飛び散り、魔物は踏鞴《たたら》を踏んで後ろに下がる。

悠真は左手を剣に変えた。

「これで終わりだ‼」

長く伸ばした剣で薙《な》ぎ払うと、カマキリの左の脇腹から右の脇腹にかけて、剣がスッと通った。

魔物の胴体は両断され、大量の血が撒《ま》き散らされる。

剣を振り血を払った悠真は、フゥと小さな息を吐く。左手を元に戻すと、地面に転がるカマキリの上半身を見下ろした。

「取りあえず倒せたな」

ダンジョンのボスだけに苦戦するかと思ったが、そうでもなかった。

すぐに楓を助けるため、どこから上に登ろうかと天井を見上げる。

そんな時、背後から微かな音がした。なんだろう？　と思い振り返るが、先ほど倒したカマキリの上半身があるだけだ。

特に変わりないように思えたが、よく見るとなにかが動いている。

悠真はゾッとした。カマキリの胴体の傷口から、何百本もの〝血管〟のような物が伸び、うねうねと空中を彷徨《さまよ》っていた。

一本の〝血管〟が下半身を見つけると、全ての血管が一斉に下半身に向かった。

それらが下半身の傷口に結合すると、上半身と下半身を引き寄せる。切断したはずの体がガンッとぶつかり、元に戻ってしまう。

魔物は地面にカマをついて、ゆっくりと起き上がった。

バキバキに割ったはずの外骨格はキレイな状態に戻り、流れていた緑の血もすでにない。

悠真は唖然《あぜん》とした。

――なんだ……なにが起きた⁉

その時、悠真は思い出す。そういえば魔物の中に〝再生能力〟を持つものがいると聞いたことがある。あれが再生能力なのか？

悠真は驚いて魔物を見る。

「す、すげー！　これがラスボスか‼　やっぱり他とは違うな」

傷が治った魔物は悠真に向かって猛然と走ってくる。ジグザグにステップを踏み、目にも留まらぬ速さで移動する。

カマを振り下ろして悠真に攻撃すると、すぐに距離を取り、別の角度からカマの斬撃を叩き込んできた。

　四方八方から繰り出される攻撃は、悠真でも追いつけないほどの速さだ。

「やるじゃねーか！　だったら――」

　悠真は右手を地面につけ、前屈《まえかが》みになる。カマキリが間近に来た瞬間、「ふんっ！」と全身に力を入れた。

　悠真の肩や背中から、何百本もの細いトゲが一気に伸びる。

　家の庭で戦ったデカスライムが使った技だ。全身からウニのようにトゲが飛び出し相手を攻撃するため、かわすことは不可能。

　実際、カマキリはかわせず、いくつものトゲが体を貫いた。

「ギイイイイイ!!」

　絶叫する魔物は体からダラダラと血を流す。悠真はトゲを元に戻して、左手を剣に変えた。

　トゲを抜かれたカマキリはふらつき、素早く動くことができない。

　足の止まった魔物に対して、悠真は剣を振り下ろす。

　魔物のカマ二本を切断し、さらに胸をも切り裂いた。血を噴き出しながら後ずさる魔物を、悠真は右拳で思い切り殴りつけた。

為《な》す術《すべ》なく五メートル以上吹っ飛んでいく魔物。壁に激突して呻《うめ》き声を上げるが、しばらくすると、顔や胸、腕の傷が徐々に塞がり再生してゆく。

悠真はその光景を見て、動きを止めた。

「これ……倒せるかな？」

──確か魔法で攻撃すると再生能力を阻害するんじゃなかったっけ？　でも俺、魔法なんて使えないし……。

悠真があれこれ考えていると、傷を治した魔物が襲いかかってきた。

──まあ、悩んでも仕方ないか。

悠真は右手を剣に変え、相手の斬撃を受けつつ、腕を突き出す。カマキリの腹に深々と剣は刺さり、相手は足を止めた。

「よし！　根比べなら負けねーぞ。なにしろこっちはノーダメージだからな」

カマキリは血を吐き、苦しそうに顔を歪める。そんなカマキリの口に、悠真は自分の左手を突っ込んだ。

「あんまりやりたくねーけど……要するに、再生できないほどのダメージを与えればいいんだろ？」

左手を『液体金属』に変えて、魔物の口から体内へと流し込む。「アヴァ……ヴァ」と苦しそうに声を漏らす魔物。だが悠真《ゆうま》の全身が相手の体内に入るまで、たいした時間はかからなかった。

カマキリの体はパンパンに膨れ上がり、悶《もだ》え苦しみながらフラフラと歩く。

体内に入り込んだ悠真は全身に力を込め、

「おおおおおおおおおおおおおおおおおおおおおおおお！」

と、絶叫しながら人型へと一瞬で戻った。

魔物は木《こ》っ端微塵《ぱみじん》に爆散し、小さな破片となって周囲に飛び散る。

緑の血にまみれた黒い怪物は静かに佇《たたず》み、辺りを見回した。

細かく砕けた魔物の残骸が再生する様子はない。サラサラと砂になって消えていく。

「終わったか」

悠真はホッと息をつく。

無限に再生したらどうしようかと思ったが、さすがに無理だったようだ。すぐに踵《きびす》を返し、自分が落ちてきた穴の下まで行く。

天井を見上げるが、高すぎて登れそうにない。

――なんでこの階層だけ、こんなに天井が高いんだ？

ぶつぶつと愚痴りながらも、「そうだ！」となにかを思いつく。

悠真はドロリと体を溶かし、丸い金属スライムに変身した。ピョンピョンと飛び跳ねたあと、うねうねと二本の触手を伸ばして先端をカマの形に変える。

「よし！　と」

カマを壁にザクリと刺し、もう一方のカマをそこよりやや高い位置に突き刺す。

最初に刺したカマを抜き、反動を利用してもっと上の壁にカマを刺す。これを繰り返し壁を登り始めた。

「あーこれならなんとかなりそうだ。待ってろよ楓《かえで》！　今、行くからなー！」

◇◇◇

東京探索者《シーカー》育成機関は、かつてないほどの大騒ぎになっていた。

救急車やパトカー、自衛隊の戦闘車両までが施設内に入り、物々しい雰囲気が辺りを包んでいる。

そして日本最大のダンジョン関連企業『エルシード』から派遣された上位の探索者《シーカー》たち二十名が、人工ダンジョンに入っていた。

探索者集団《クラン》のリーダーを任されていたのは『火魔法』の使い手にして、社内でも実力者と呼び声高い杉浦《すぎうら》だ。

歳《とし》は四十を過ぎていたが、ガッシリとした体格の男性で、ダンジョン黎明期《れいめいき》から活動していたベテランの探索者《シーカー》。部下や同僚からの信頼も厚かった。

そんな杉浦が腰に携えていた無線を取る。

「こちら杉浦、一階層で行方不明だった生徒三名を発見。女性一名が意識不明の状態。上に行かせるので病院に搬送を頼む」

杉浦は無線を切り、メンバーの一人に連れて行かれる生徒たちを見送る。ダンジョンの外にはさらに五名の探索者《シーカー》がいるため、もう大丈夫だろう。

杉浦は人工ダンジョンの奥に視線を移す。

ここから先は無線も通じなくなる。最優先と言われていた生徒の発見と安全確保は達成いた。

しかしダンジョンの中で連絡が取れなくなった探索者《シーカー》や研究者がいる。

彼らの安否を確認すること、なにより研究所から逃げ出したという魔物の討伐。それが杉浦たちに下された命令だった。

二十名ばかりの集団は暗い通路を進み、慎重に下層へ下りる。

今のところ魔物がいる気配はない。報告では『緑のダンジョン』にいる〝アダマス〟や〝ペルセフォネ〟、そのうえ〝アラクネ〟までいるという。

杉浦たちは【火魔法】を使う探索者《シーカー》であり、虫の魔物と相性はいいが、それでも〝アラクネ〟と戦って無事で済む保証はない。

それほど強い魔物なのだ。そして、それ以上に問題なのが――

「隊長、本当なんでしょうか？【深層の魔物】である〝ソル・マンティス〟がいるというのは」

「……分からん」

不確かな情報ではあるが、人工ダンジョンの中で〝ソル・マンティス〟を目撃したとの報告がある。

研究室には種別不明の〝卵の化石〟があったという話なので、いないとも言えない。

杉浦の額に、嫌な汗が滲《にじ》む。

もし本当にソル・マンティスがいるなら、討伐することも難しくなってくる。自分も含め、この探索者集団《クラン》の誰が死んでもおかしくない。

それほどの魔物だ。

杉浦たちは先へ進み、人工ダンジョンの三階層に下り立つ。魔物がいるとすれば、地下四階層から五階層。

その場所が近づくにつれ、呼吸が浅くなってくる。そんな時、杉浦の視界の端になにかが映った。

「ん？」

「どうしました？　隊長」

「いや……今、黒っぽいウネウネしたものがいたような……」

「やめて下さいよ、隊長！　怖いじゃないですか。なにもいませんよ」

辺りをライトで照らすが、確かになにもいない。気のせいか、と思いつつ、杉浦は先を急いだ。


四階層入口――

「ひどい……」

隊員たちが顔をしかめた。そこにはＳＴＩの警備についていた八人の探索者《シーカー》が、物言わぬ骸《むくろ》となり横たわっている。

遺体は無残なまでにバラバラにされていた。

「ここまで一方的にやられてるなら、相手は〝アラクネ〟か〝ソル・マンティス〟だろう」

周囲の状況を確認する杉浦が、眉根を寄せながら呟《つぶや》く。

「気を引き締めろよ、お前たち！　ここから先、どこから魔物が現れてもおかしくない。いつでも戦えるよう警戒態勢を取れ‼」

「「「はい！」」」

探索者《シーカー》たちは四階層を見て回ったあと、いよいよ五階層に下りた。

研究室やダンジョンを含め、入念に確認する。研究者の遺体は発見できたものの魔物は見つからず、どこかから逃げた形跡もない。

困惑しながら最後に訪れたのが、五階層にある『最奥《さいおう》の間』。

実際のダンジョンにも存在する場所で、最下層の最も強い魔物がいるとされる空間だ。人工ダンジョンではそれを再現し、『最奥の間』と呼んでいた。

隊員たちがライトで周囲を照らす。高い壁、高い天井、そして四角く切り取られた広い空間。さながら地下闘技場《コロシアム》といったところか。

だが魔物はどこにもいない。

それでも、魔物がいた痕跡だけはあった。

四方を高い壁で囲まれた部屋で、隊員たちは息を呑む。

「隊長、なん……ですか、これ？」

「これは……」

杉浦は絶句する。

壁や床に無数の傷が入っていた。それもただの傷ではない。

長くまっすぐな深い亀裂。一本一本の傷は優に十メートル以上はあるだろうか。それが至る所に刻まれていたのだ。

「隊長、これって」

「ああ、〝風魔法〟による攻撃だ。それもこれほどの威力……間違いなく〝ソル・マンティス〟だろう」

ソル・マンティスは自分のカマに強力な〝風魔法〟を纏《まと》わせ、相手を斬りつけることがある。

その威力は凄《すさ》まじく、一撃で戦車をまっぷたつにできると言われていた。杉浦の顔から血の気が引いていく。

そんな魔物が、実際ここにいたのかと。

しかし、分からないことがあった。ソル・マンティスを始め、魔物が一匹もいないこと。

そしてこの場にある壁や床の傷は、間違いなく戦闘があったことを物語る。

ソル・マンティスほどの強い魔物が、こんなに魔法を使う理由が思い当たらない。

杉浦はもう一度部屋を見渡し、傷だらけの壁を見る。

「一体……なにと戦ってたんだ？」

◇◇◇

その後、専門家による視察団がＳＴＩの施設に入り、徹底的な調査が行われた。

やはりソル・マンティスの休眠状態の卵を研究室に持ち込んだことが、全てのトラブルの原因だと結論づけられた。

知らなかったとはいえ安全管理上の問題は極めて大きく、ＳＴＩの管理体制がやり玉に上がったことは言うまでもない。

しかし世界的にも前例のないトラブルだったため、内部の処分だけにとどまり、危険な魔物が逃げ出したという事実は秘匿されることになった。

表向きは、あくまで通常の魔物が逃げ出した事故として公表されることになる。

魔物がいなかった理由については、〝ソル・マンティス〟が不完全な状態で孵化《ふか》し暴走した。その巻き添えを食って他の魔物が死に、最後はソル・マンティス自身の肉体も崩壊して死んだとされた。

それが本当かどうか専門家の間でも意見が分かれたが、結論を早く出したい政府に押し切られ、一応の決着をみる。

そして未曾有《みぞう》の事件から、一週間後——

「おめでとう、天沢《あまさわ》くん」

「ありがとうございます」

「すばらしい勇気だよ、神楽坂《かぐらざか》さん」

「いえいえ、どうも、どうも」

ＳＴＩの第一棟にあるメインホールで、マスコミを集めた式典が行われていた。大勢の拍手を浴び、注目を集めていたのはルイと神楽坂だ。

ルイは防衛大臣の高倉《たかくら》と笑顔で握手を交わす。シャッター音が鳴り響き、ルイと高倉はマスコミのカメラに向かって満面の笑みを見せた。

二人は不慮の事故で魔物に襲われた生徒を助けたことが評価され、国から表彰を受けていたのだ。

悠真《ゆうま》はその様子を、大勢の生徒と一緒に眺めていた。

ステージの上に立つルイは、まるでキラキラと輝く芸能人のようだ。

「やっぱりスゲーよな、天沢と神楽坂は。こえ～魔物がいるダンジョンの奥に行って、女の子を助けてくるんだから」

後ろに立つ芦屋《あしや》が悠真の肩に手を乗せ、したり顔で話しかけてくる。

すると隣にいた浜中《はまなか》も口を開いた。

「まあ、本来なら天沢も神楽坂も怒られるはずだけど、STIも世間からバッシングを浴びてるからね。ヒーローを作り出して少しでも風当たりを弱くしたいんだよ」

フンッと鼻を鳴らす浜中は、いつも通り斜に構えて意見を言う。

悠真は「そうですね」という言葉しか出てこなかった。カマキリの魔物を倒したあと、すぐに楓《かえで》を助けに行ったが、そこにはもう誰もいなかった。

悠真は慌ててダンジョンの中を探し回るも、大勢の人間が救助に来たのを知って、見つからないように逃げ出したのだ。

なんとかダンジョンの外に出られたが、その時には全部終わっていた。

楓はルイと神楽坂によって助け出されていた。少しガッカリもしたが、楓が無事ならそれでいい。

「それにしても三鷹《みたか》！　お前は情けねーよ。幼馴染《おさななじみ》の天沢や神楽坂が命がけで人命救助してる時に、腹を壊してトイレに籠ってたんだろ？　雲泥《うんでい》の差じゃねーか！」

芦屋に咎《とが》められ、悠真はムッとする。

「べ、別にいいでしょ！　体調は人それぞれなんだから！」

人工ダンジョンから戻ったあと、芦屋や浜中からどこに行ってたんだと問われ、悠真は咄嗟《とっさ》に腹を壊してトイレに行ったと答えていた。

口をついて出た言い訳だが、二人は呆《あき》れてしまったようだ。

「俺はお前が飛び出していったんで、てっきり彼女を助けに行ったのかと思ったぜ」

「そ、そんな訳ないでしょう。魔法も使えないんだし……」

悠真が否定すると、芦屋は笑い「そりゃそうだよな」と納得する。

まさか地下まで行って魔物を全部倒したなんてとても言えない。金属スライムの能力が使えるなんてバレたら、法律上も人道上もどうなるか分かったもんじゃない。

ルイと神楽坂が壇上から下りてくる。

万雷の拍手の中、ルイは恥ずかしそうに、神楽坂は誇らしげに見える。あの二人は大手の企業からも注目されているらしい。

このSTIを卒業したら、あいつらの将来は明るそうだ。

自分とは全然違う、と悠真は独りごちていた。そんな悠真を哀れに思ったのか、隣にいた浜中が話しかけてくる。

「三鷹くん。君の幼馴染の一ノ瀬《いちのせ》さん、今は第二棟の医務室にいるらしいよ。お見舞いに行ってきたらどうだい？」

「……そうですね。そうします」

人工ダンジョンで別れて以来、楓とは会っていない。

せっかく教えてもらったので、この式が終わったら行ってみよう。

◇◇◇

STI・校舎第二棟――

悠真は教師から楓がいる病室を聞き、キョロキョロと辺りを見回しながら探していた。

部屋を見つけると背筋を伸ばして扉をノックする。

「はい」と返事が返ってきたので、「俺だ、悠真だ」と声をかける。

「どうぞ」

ローズウッドの高級そうな扉を開けると、中は病院の個室みたいな造りになっていた。

窓から入った日の光が、ベッドの上で本を読む楓を照らしている。

陽光を浴びて輝くように見えた横顔に、悠真は思わず目を奪われた。

「どうしたの？　悠真」

楓がこちらに目を向ける。少し呆《ほう》けていたことに気づき、悠真はコホンと咳払《せきばら》いする。

「いや、あれだよ。見舞いに来ただけだよ。大丈夫なのか？　体の方は」

部屋の中に入った悠真は、素っ気なく聞いた。本当は心配で仕方なかったが、それは気づかれたくない。

そんな悠真に楓は本を閉じ、満面の笑みを向けてくる。

「うん、大丈夫だよ。本当はもう退院してもいいんだけど、念のため検査入院だって」

「へ～」

大したことないと知って、悠真はホッと息をつく。

「まあ、ルイや神楽坂さんに助けてもらったおかげだね。二人には感謝だよ」

「そ、そうだな」

悠真はなんとも言えない気持ちになる。まさかカマキリやダンゴムシと戦ってる間に、ルイたちが楓を救出してるとは思わなかった。

大勢の探索者《シーカー》が下りてきたためダンジョンを出たが、そうでなければずっと楓を探してたかもしれない。

――まあ、それでも楓が無事だったからいいけど。

そんなことを考えていると、ベッドの上の楓が小首をかしげる。

「でも、不思議なことがあったんだよね」

「ん？　なんだよ」

「穴に落ちてからの記憶はほとんどないんだけど……なんとなく悠真の声を聞いた気がするんだ」

「え!?」

――ま、まさか覚えてるのか!?

「でも、そんな訳ないよね。悠真はダンジョンの中に入ってないんだし」

「そ、そうだよ！　そんな訳ねーよ」

ハハハと笑って誤魔化し、悠真は病室をあとにする。背中にはダラダラと冷や汗をかいていた。

楓には『金属化』した姿を見られてるからな。気づかれなくて良かった。

悠真が施設の廊下を歩いていると、ポケットに入れていたスマホが振動する。メールがきたようだ。

内容を確認すると、主任教官である滝沢《たきざわ》からの呼び出しだった。

今日、あるかもとは聞いていた。芦屋や浜中も「いよいよか」と苦い顔をしていたのを思い出す。

悠真も覚悟を決めて歩き出した。進路指導室のある第三棟へ。

「退所です」

「え？」

進路指導室に入っていきなり告げられた宣告。目の前にいるのは主任教官の滝沢だ。

年季の入ったアンティーク調のライティングデスクに座り、両肘をついて手を組み、その上にアゴを乗せている。

悠真を見ながら、穏やかな笑みを浮かべていた。

「あ、あの……決定ですか？」

「うん、そう」

「最後に〝マナ指数〟のチェックとかは？」

「いやいやいや、ないない。君、二ヶ月間０・１も上がらなかったんだよ？　急にマナ指数が上がるなんて考えられないでしょう」

「い、いや、でもですね。もう一度だけ測定を……」

悠真は必死に食い下がる。人工ダンジョンで何匹もの魔物を倒した。ボスっぽいカマキリの魔物もいた。

今、マナを測ってもらえば、それなりの数値がでるかもしれない。

そう思ったのだが――

「あーいい、いい、そういうのいいから！」

滝沢は鬱陶しそうに首を振り、けんもほろろに突き放す。

「もう、諦めなさい。君はまだ若いんだから、これからいくらでもやり直せるよ。それにマナがずっと『ゼロ』なんて、逆に珍しい。ハッキリ才能がないと分かったんだから、諦めもつくし良かったじゃないか」

「で、でも……」

「三鷹くん。探索者《シーカー》は危険な仕事なんだ。魔物をまともに倒すこともできない君では、いずれ命を落としかねない。周りの仲間たちにだって迷惑をかける。そんなの君も嫌だろう？」

「それはそうですけど……俺、体は頑丈な方なんで」

粘る悠真に対し、滝沢はハァと溜息《ためいき》をつき、諭すように言う。

「探索者《シーカー》に求められているのは才能だけだ。魔物を倒し、ダンジョンを走破する圧倒的な力。それが君には決定的にないんだよ、三鷹くん」

滝沢は立ち上がり、一枚の紙を持って悠真の前に来る。その目には憐憫《れんびん》の情が浮かんでいた。

悠真《ゆうま》に紙を渡し、ポンポンと肩を叩《たた》く。

「これからは別の場所でがんばりたまえ。おつかれさま」

滝沢はそのままデスクに戻った。もう話は終わりらしい。

悠真は手に持った紙に目を落とす。

校長と理事の印鑑が押されている。それは正式な退所通知書だった。

◇◇◇

半分無意識で廊下を歩き、校舎の玄関口から外に出る。

ふと気づいて顔を上げると、そこには二人の男が立っていた。笑顔を向けてくる男たちに、悠真は口元を緩める。

「……芦屋《あしや》さん、浜中《はまなか》さん」

「やっぱりな。絶対、落ち込んでると思ったぜ」

芦屋が悠真の肩をバンバンと叩く。

「まあ、僕らも中間考査に落ちてクビになったけど、ある意味、想定通りだったからね。ショックはないよ」

浜中がクイッとメガネを押し上げる。相変わらず達観した物言いだ。

二人は悠真を励ますため、わざわざ待っていてくれたらしい。

「三鷹、くよくよすんなって！　探索者《シーカー》って仕事に向いてなかっただけで、人間として否定された訳じゃねえ。誰だって得手不得手ってもんがあんだ。気にすんな！」

芦屋がガシリと肩を組んで慰めてくれる。悠真はありがたくもあったが、同時に情けなさも感じた。

「でも……クビですよ？　恥ずかしくて、幼馴染《おさななじみ》のルイや楓《かえで》に言えませんよ」

「恥なんて一瞬だけじゃねーか！　深く考えるなって」

三人は話をしながら、自分たちの寮である第一棟へと戻っていく。荷物をまとめなくてはいけないからだ。

退所通知書には明日中に出ていくよう書いてある。

第一棟の入口で、芦屋が振り返り悠真を見る。

「俺はまた大工に戻ろうと思う。やっぱり俺はそれしかできねーからな。お前らはどうするんだ？」

浜中がメガネの位置を直す。

「僕はせっかく社会に出てきたからね。引き籠りをやめて、ダンジョン関連の仕事を探すよ。ここに来た経験は無駄にしたくないし」

　その言葉に悠真が眉を寄せる。

「STIを卒業してないのに、ダンジョン関連の仕事なんてできるんですか？」

「ああ、大手や準大手の会社は無理だけど、中小零細企業なら求人はあるよ。そうだ、僕が集めた求人データ送ろうか？」

「え、ええ、是非！」

　浜中から求人データをメールで送ってもらい、それをスマホで確認する。

「ありがとうございます」

「でも、三鷹《みたか》くんは大学に戻るんだよね」

「あ、はい、大学には休学届を出してるんで、一応そのつもりですけど……」

　芦屋が笑顔で悠真を見る。

「そうか、そうか。いいと思うぜ。大学に行って自分にあった仕事を探せばいいさ、まだ若いんだ。急ぐ必要はないだろ？」

　芦屋も浜中も温かい言葉をかけてくれる。自分たちも退所になってショックを受けてるはずなのに。

　二人は第一棟に入り、自分の部屋へと向かう。

悠真は棟の入口で立ち止まり、スマホに入ったデータを見る。てっきりＳＴＩを卒業しないと就職はできないと思ってたのに、けっこうな求人数があるようだ。

スクロールしていくつか見ていくと、その内の一つに目が留まった。

〝やる気がある人大歓迎！　探索者《シーカー》の仕事を丁寧に教えます〟と会社のキャッチコピーがデカデカと書かれている。

「株式会社……Ｄ－マイナー？」

小さな会社のようだが、手書きのチラシはアットホームな雰囲気を醸《かも》し出している。

「俺でも雇ってくれるかな？　応募条件は……」

悠真はスマホに目を落としつつ、第一棟へと入っていった。

エピローグ

イスラエルの大都市テルアビブ北東部。

国際ダンジョン研究機構、本部近くの小高い丘に、イーサン・ノーブルの姿があった。

彼が見下ろす先には、底が見えない大きな縦穴がポッカリと口を開けている。そこにあるのは世界最深度のダンジョン〝オルフェウス〟——

このオルフェウスは他のダンジョンと異なり、どこまでも続く深い縦穴の周りに、階層が螺旋《らせん》状に巻きついていた。

その深さは、三百階層とも四百階層とも言われている。

しかし、正確に階層を確認した者はいない。出てくる魔物が強力過ぎて、何者も深層に辿《たど》り着けないからだ。

穴の中から不気味な音が響いてくる。巨大な生物の鳴き声とも、吹き抜ける風の振動とも取れる音は、半年前から確認されるようになった。

丘の上に立つイーサンの白衣が、風によってバタバタとはためく。

黙って漆黒の穴を見つめる彼の後ろから、助手のクラークが歩いてきた。風で乱れる髪を押さえ、イーサンの隣に立つと、同じように穴を見つめる。

「この地鳴りのような音……半年前からですね」

「ああ、そうだね。ちょうど〝黒の王〟が倒された頃からだ」

地獄の底からせり上がってくるような音は、時に大きく、時に小さく鳴り響いた。

今は小さな風鳴りのように、遠くでかすかに聞こえている。

「世界を滅ぼすと言われる六体の王。その内の一体、【白の王】がここにいる。まあ誰も確認したことがないから、本当にいるかどうか分からないけど」

「でも、イーサン。あなたはいると確信している」

「フフ……そうだね。恐らくいるだろう。世界最強の魔物が、この〝オルフェウス〟より深度の浅いダンジョンにいるとは思えない」

「もしも世界にマナが溢《あふ》れて、魔物の〝王〟が地上に出てきたら、人類に抗《あらが》う術《すべ》はあるんでしょうか？」

クラークは深刻な顔をしてイーサンに尋ねた。

「さあ、分からない。ただ我々人類にも希望はあると思うよ」

「希望……ですか？」

「少なくとも〝王〟の一体は倒された。誰がやったのかは分からないけど、人間であることは間違いないだろう。魔物同士は戦わないからね」

穴の底から、また唸るような音が聞こえてくる。

「その人間が、五体の王の前に立ちはだかると？」

「どうだろう」

イーサンは楽しそうに小さく微笑《ほほえ》む。

「魔物の王に勝てるとしたら、恐らくはその人間だけ」

「探索者《シーカー》でしょうか？」

「だと思うよ。まさか素人《しろうと》がうっかり〝王〟を倒したりしないだろうからね」

巨大な穴から、今日一番の轟音《ごうおん》がせり上がってくる。〝音〟は風と共に空に抜け、上空で雲散し消えていく。

空を見上げたイーサンが、悪戯《いたずら》っぽい笑みを浮かべた。

「なにがおかしいんです？」

クラークが怪訝《けげん》な顔で尋ねる。

「いや……穴の中にいる王様が、とても短気に思えてきてね。ひょっとしたら待っているのかもしれないよ」

「待ってる？　なにをですか？」

イーサンはアゴに手を当て、再び穴に視線を移す。

「このダンジョンの〝主〟は自分を倒せる者……【黒の王】を倒した者を待ってるんだよ。そう考えると楽しくなってこないかな？」

イーサンはフフッと笑い、白衣をひるがえして研究所へ足を向けた。クラークはハァと嘆息し、その後をついていく。

二人が去ったあと、ダンジョンからは不気味な音だけが響いていた。

あとがき

拙書『金属《きんぞく》スライム～』を手に取っていただき、ありがとうございます。

この作品はカクヨムに掲載されていたものを、大幅に加筆修正したものです。

元々は小説の文章がうまくなりたいと思い、練習がてら少し長い作品を書いてみようか、と思ったのがキッカケで執筆しました。

その結果、かなりのんびりした作品になってしまい、Ｗｅｂの読者様からは「なかなか話が進まない」と、お叱りを受けることもありました。

しかし同時にたくさんの読者様から応援の声をいただき、今回、書籍化が実現したのだと喜んでおります。

さて、この作品の主人公『三鷹悠真《みたかゆうま》』ですが、金属スライムを倒したことにより、尋常ならざる力を手に入れます。

その力を使って大活躍し、周囲に称賛され、モテモテに………とはなりません。

金属スライムの呪いでしょうか？　悠真くんの前にはこれでもか！　というほど不運と

困難が立ちはだかります。

強さを手にした代わりに、運を全部もっていかれ、一生懸命がんばるものの、なにをやってもうまくいかず、頭を悩ませ、それでも前に進もうとする。

そんな主人公を描いてみたいと思いました。

読者様の中には「なんでそんなことするんだ！」「作者は主人公が嫌いなのか？」と思われる方がいらっしゃるかもしれませんが、そんなことはありません。

主人公のことは大好きですし、ぜひ報われてほしいと願っております。ただ、作者がほんのちょっとSなだけです！　と反論しておきます。

そんな主人公が酷《ひど》い目にあう……もとい、困難を乗り越えて成長する物語をおもしろいと思っていただけたら幸いです。

最後になりますが謝辞を述べさせて下さい。

本書を刊行するにあたっては、イラストレーターの山椒魚《さんしょううお》先生、担当の編集者様など、多くの方々にご尽力いただき、たいへん感謝しております。

そして本書を手に取り読んで下さった読者様、Ｗｅｂ小説から読んでいただいている読者様に、心からの感謝を。本当にありがとうございます。

温泉《おんせん》カピバラ

お便りはこちらまで
〒一〇二‐八一七七
ファンタジア文庫編集部気付
温泉カピバラ（様）宛
山椒魚（様）宛

富士見ファンタジア文庫

金属《きんぞく》スライムを倒《たお》しまくった俺《おれ》が【黒鋼《くろがね》の王《おう》】と呼《よ》ばれるまで
～家《いえ》の庭《にわ》で極小《ごくしょう》ダンジョンを見《み》つけました～

令和５年４月20日　初版発行

著者――温泉《おんせん》カピバラ

発行者――山下直久
発　行――株式会社KADOKAWA
〒102-8177
東京都千代田区富士見2-13-3
0570-002-301（ナビダイヤル）
印刷所――株式会社暁印刷
製本所――本間製本株式会社

ISBN978-4-04-074922-8 C0193 ◇◇◇

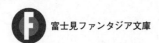

天上優夜《てんじょうゆうや》
異世界で
レベルアップした結果、
最強の身体能力を
手に入れた少年
この少年
すべてが
シリーズ好評発売中！

チートすぎる

I got a cheat ability in a different world, and became extraordinary even in the real world.

異世界でチート能力《スキル》を手にした俺は、現実世界をも無双する

～レベルアップは人生を変えた～

著：美紅
イラスト：桑島黎音

幼い頃から酷い虐めを受けてきた少年が開いたのは『異世界への扉』だった！ 初めて異世界を訪れた者として、チート級の能力を手にした彼は、レベルアップを重ね……最強の身体能力を持った完全無欠な少年へと生まれ変わった！ 彼は、2つの世界を行き来できる扉を通して、現実世界にも旋風を巻き起こし──!? 異世界×現実世界。レベルアップした少年は2つの世界を無双する！

ファンタジア文庫

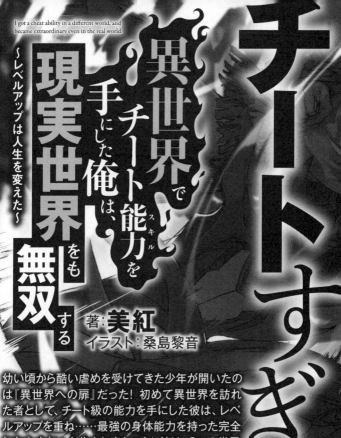

切り拓け！キミだけの王道
ファンタジア大賞
原稿募集中！
賞金
《大賞》300万円
《金賞》50万円
《銀賞》30万円
選考委員
細音啓「キミと僕の最後の戦場、あるいは世界が始まる聖戦」
橘公司「デート・ア・ライブ」
羊太郎「ロクでなし魔術講師と禁忌教典《アカシックレコード》」
ファンタジア文庫編集長
前期締切 8月末日
後期締切 2月末日
公式サイトはこちら！ https://www.fantasiataisho.com/
イラスト／つなこ、猫鍋蒼、三嶋くろね